LE TAVOLE D'(

SANDRA PETRIGNANI

Ultima India

NERI POZZA EDITORE

© 2006 Neri Pozza Editore, Vicenza
ISBN 88-545-0167-0

Il nostro indirizzo internet è: www.neripozza.it

A mio figlio Guido
viaggiatore precoce

In India se non pregate
avete sprecato il viaggio

Henri Michaux,
Un barbaro in Asia

Ayyappam è riflesso in uno specchio nel tempio della danza. Sorride come sorridono gli allegri-dentro. Gli allegri-dentro sono i semplici. Ayyappam è la persona più semplice e semplicemente allegra che io abbia mai incontrato. È il mio autista a Cochin e da Cochin mi porta via, perché ha capito che sono indecisa, che voglio vedere qualcosa ma non so precisamente cosa, voglio vedere Tutto. Lui mi ha mostrato Tutto.

«Kalamandalam, Kalamandalam», ha detto indicando col dito sulla cartina. Io però quella parola non la vedevo, sopra al dito leggevo Cheruthuruthy, poco più a nord di Cochin.

«Cheruthuruthy, Cheruthuruthy», ha confermato lui scuotendo la testa. Dopo un mese di India sapevo che quel movimento dolcissimo, da cane di pezza nel vetro posteriore, vuol dire sì.

«E allora?» gli ho chiesto.

«Cheruthuruthy Kalamandalam, Cheruthuruthy Kalamandalam».

Ho ripetuto lo scioglilingua come potevo, si è messo a ridere con tutto il faccione nero lucido:

«Tempio, tempio».

Lo guardavo interrogativa.

«Kathakali, kathakali», insisteva agitando la testa.

Da due giorni lo tormentavo. Volevo vedere il kathakali nel tempio, non a teatro dove mi aveva portato. Volevo vedere il *vero* kathakali, la danza che dura la notte intera, la vera cerimonia. Nel tempio.

«Andiamo», ho detto. Di nuovo mi ha mostrato tutti i denti scuotendo la testa raggiante. E quando ha chiuso la portiera dell'auto e mi sono abbandonata sul sedile duro, premurosamente foderato con un asciugamano di spugna candido e liso, ho pensato: ma dove sto andando? e perché andare?

Le domande di sempre. Non c'era bisogno di arrivare fino in India per ripetersele in continuazione. Perché andare, e non invece stare fermi. Andare dove. Andare in India, ultima spiaggia. Qualcuno mi aveva detto sbrigati, altrimenti non la troverai più, anche l'India sta cambiando, diventerà come il resto del mondo; se cerchi, fa' presto, o ti rimarranno rovine e collanine, paccottiglia; se vai adesso, forse fai ancora in tempo a vedere l'India per l'ultima volta. L'India.

Sì, è vero, sto cercando. L'Uno-Senza-Secondo. O come chiamarlo? L'Assoluto? Ciò il cui centro è ovunque e la circonferenza da nessuna parte.

E allora, se il centro è ovunque, tanto valeva restarsene a casa. Ma è da quando ho letto *Kim*, a dodici anni, che ho deciso, come il vecchio lama Teshu, di venire in India a cercare il Fiume della Salvezza nato là dove cadde la freccia lanciata dal giovane Buddha per liberarsi dalla Ruota degli Accadimenti. L'allegro Ayyappam, che sorride attraverso lo specchio, il suo fiume l'ha già trovato, come tutti gli indiani, a loro è consegnato per nascita.

Ora spera solo di vedermi contenta. Ha fatto aprire il tempio per me. Siamo a un centinaio di chilometri da Cochin, a trentacinque da Trichur, e chiunque abbia percorso un po' l'India sa cosa comportino qui queste distanze insignificanti; ore interminabili di viaggio con lo stomaco in bocca e le reni doloranti lungo strade dove i monsoni hanno aperto buche come voragini, strade di polvere da contendere agli animali che pascolano, a uomini ciondolanti, a donne altere sotto il peso delle anfore d'acqua in equilibrio sulla testa.

È uno specchio grande, rettangolare e Ayyappam ci sta dentro intero nella fresca penombra del tempio. Pantaloni occidentali e camicia candida, i piedi nudi. È rilassato e fra poco si sdraierà sul pavimento e si addormenterà, sempre sorridendo, più indiano che mai, lasciandomi libera di gironzolare tutto il tempo che voglio, di guardare le statue dei suoi dei danzanti. Voglio anch'io un dio danzante anziché un dio crocefisso. Shiva che danza nel cerchio di fuoco: m'incanto a guardare le sue molte braccia, la grazia dei suoi muscoli forti e snelli. La gamba alzata segna il movimento esatto che fanno i ballerini di kathakali ancora oggi, quello scatto tintinnante di campanelli. Una mano regge il tamburello a forma di clessidra, un'altra una lingua di fuoco, un'altra fa il gesto di non temere, benedicente, un'altra è la "mano dell'elefante" perché atteggiata come una proboscide verso il basso, verso l'Assoluto. Perché non è detto che per tutti l'Assoluto sia collocato in alto, nei nostri celesti, ingannevoli cieli. Il cerchio di fuoco è l'om, la sillaba sacra, è la natura che comprende il dio che la comprende. E mi scopro d'accordo con Nietzsche: "Potrei credere solo a un dio che sapesse danzare".

Da dove vengo io, nessuno è più compreso da niente. Vengo dal regno della libertà da dio. Dio si è ritirato e la natura è una belva addomesticata. Cerco di tradurre il concetto per Ayyappam in questo modo:

«Dio è morto. Nel mio paese dio non danza più, forse non ha mai danzato».

«No morto dio, no morto», risponde spaventato. Il viso gli si è come ristretto per il dolore. «Paura dio morto».

«Perché, dio vivo non ti fa paura?»

«Dio vivo paura, dio vivo. Gente tuo paese no paura?»

«Sì, di molte cose, ma non degli dei». Mi metto a ridere e comincio a elencare: «La gente teme di ingrassare, d'innamorarsi, di fallire, teme di essere imbrogliata, di essere derubata, teme di ammalarsi». Sto per dire: teme la morte. Ma poi ci ripenso, non ne sono tanto sicura. Per temere la morte bisogna credere in dio.

«Teme la fine della vita», dico.

È strano questo tempio. Ha il tetto a pagoda e una struttura lignea aperta come lo scheletro di una nave. Il vento è libero di attraversarlo. Ma infatti non è un vero tempio, è un teatro, o meglio è un tempio della danza dove gli studenti tengono le loro rappresentazioni. Ayyappam, senza interpellarmi, ha preso una magnifica decisione. Mi ha portata a Kalamandalam, che è l'Accademia di antiche arti teatrali e musicali del Kerala, profondo sud indiano. Un campus insomma, alto sulla collina, isolato, dove i giovani vengono a studiare per anni i segreti di movimenti misteriosi in cui ogni atteggiamento delle dita, degli occhi, della bocca ha un significato diverso, è un'indicazione psicologica, umorale.

Adesso Ayyappam dorme, stanco del viaggio. Dorme disteso sul fianco, con la guancia appoggiata al braccio allungato oltre la testa, mentre il Danzatore Cosmico continua a ballare indifferente alla sua innocenza. Come è giusta questa indifferenza divina, com'è insensata la convinzione che un dio si preoccupi del nostro destino. Com'è solo e indifeso Ayyappam in questo momento, abbandonato in forma di sacco in balia del Signore della Danza che non lo guarda, che non sa della sua esistenza e deve continuare a ignorarla nei secoli perché non può un dio farsi carico di esistenze da nulla. Siamo noi, le creature, a doverci fare carico di dio. E infatti Ayyappam se ne fa carico, si fa carico di tutti i suoi numerosi dei. Ha allungato i tempi del viaggio per fermarsi al tempio di Kali, di Ganesh, di Vishnu. A ognuno dava un obolo, s'inginocchiava prendendo un'aria lievemente inquieta, si cibava di un intruglio sacro che offriva anche a me. E intanto mi faceva da guida, senza tralasciare niente.

«Treno, treno», diceva indicando un convoglio straripante di gente appesa fuori dagli sportelli aperti che ha proceduto per un po' parallelo a noi finendo col superarci.

«Taxi, taxi». Così imparavo che anche il taxi in India si può prendere a grappolo, con gli uomini più giovani ventosamente in piedi su predellini e paraurti.

«Non è prudente», avevo detto stupidamente, quasi la scena esigesse un commento. Ayyappam si è limitato a girarsi mostrandomi tutti i bianchissimi denti e gli occhi buoni scintillanti.

«Elefante, elefante». Sì, lo vedevo che era un elefante, ma non ne avevo mai visto uno attraversare la sabbia abbandonando i custodi per andare a tuffarsi nel fiume.

13

Non lo avevo mai visto sguazzare quasi fosse un cagnolino, mettersi a pancia in su, farsi la doccia con la proboscide come nelle immagini dei libri per bambini. E allontanarsi dalla riva incurante dei richiami umani per guardare beffardo i suoi accompagnatori e i loro cenni perentori. Chissà cosa lo ha convinto alla fine a tornare indietro, la sconfinata pena per l'ansia degli uomini che gli si leggeva negli occhi stanchi? Comunque è uscito dall'acqua. Gli hanno agganciato la catena alla zampa e senza protestare ha subito i colpetti solleticanti di una lunga canna di bambù che ritmicamente uno dei due custodi gli agitava contro il fianco, andando.

Gli spazi vuoti, interni o esterni, aiutano la concentrazione. Questo tempio-zattera è vasto e vuoto. Per assistere alle rappresentazioni il pubblico si sistema sul pavimento a gambe incrociate. Non esistono sedie. La vita gode di una meravigliosa semplificazione. Il palcoscenico-altare è un piano appena rialzato con quattro colonne che reggono un tetto-baldacchino. Ma ora non ci sono attori, non ci sono musicisti, non ci sono ballerini. Ci sono due visitatori qualunque, un uomo e una donna. L'uomo ha la pelle nera, la donna è bianca. L'uomo dorme, disteso su un fianco sul fresco pavimento del tempio. La donna è seduta all'indiana e lo guarda dormire, contagiata dalla serenità immobile di quel posto estremo, infinito. Sono lontani da tutto e nessuno al mondo sa che si trovano lì, tranne il guardiano che ha aperto la porta e li ha lasciati subito. Guardiano? Chissà, era un indiano bellissimo, alto e snello, con la camicia bianca e il dhoti ripiegato in modo da lasciare scoperte le gambe, gambe scure e sottili, dalle lunghe caviglie e i piedi magri calzati in sandali di cuoio. Un danzatore, forse, che al tramonto avrebbe indossato il costume di Shiva e avrebbe ballato nel cerchio di fuoco.

Nella penombra la statua bronzea del dio sembra muoversi. È necessario pregare. E pregare in un posto così è lasciarsi andare al ritmo naturale del respiro, ritmo dormiente, preciso; liberare la mente da ogni pensiero; coincidere con quel punto segreto di sé che coincide col dio; dimenticare. Il tempo è sospeso. Passa solo quello dell'orologio, quello del giro del sole. Mezz'ora, un'ora, dieci minuti? Non guardavo l'ora da tanto e dunque l'ora non conta. Non abbiamo fretta, nessuno ci aspetta, nessuno è preoccupato per noi. Vorrei allontanarmi in punta di piedi per non disturbare il sonno di Ayyappam, andare a seguire le lezioni degli artisti e poi tornare a prenderlo. Ma il suo sonno è come quello di un gatto. Si sveglia di colpo. Forse ha sentito le scosse del pavimento, anche un piede nudo crea vibrazioni. Me lo ritrovo accanto sorridente, allegrissimo.

«Ho dormito, ho dormito. Stanco, stanco», e fa il gesto internazionale delle due mani unite contro la guancia inclinata. Tutta la sua goffa massa diventa leggera in quel gesto, il suo testone assume una grazia delicata. Gli sorrido riconoscente di essere il mio angelo custode, anche se non corro alcun rischio.

Eppure, appena fuori dal tempio, un soffio caldo di giungla ci investe e sembra una minaccia. L'arida vegetazione selvaggia potrebbe nascondere serpenti. Siamo dentro una foresta scheletrica e arsa. Le costruzioni sparse, lontane l'una dall'altra hanno l'aria abbandonata e in rovina che ha sempre qualsiasi edificio in India, pronto a ridiventare polvere il più in fretta possibile. Dunque andiamo insieme, silenziosi. Ayyappam mi apre varchi fra i cespugli, seguiamo sentieri appena accennati, quasi che nessuno ci avesse camminato da lungo tempo invece di essere gli affollati percorsi di studenti in corsa fra una lezione e l'altra. Nella prima casetta bianca senza vetri alle finestre, senza battenti nel vano della porta, senza altro arredo delle foglie secche trascinate dal vento, stanno quattro giovani seduti a gambe incrociate, vestiti solo del dhoti, la pezza rettangolare che si annoda intorno ai fianchi; stanno perfettamente immobili a parte un curioso strabuzzamento degli occhi. Ayyappam li guarda vagamente impensierito. Sono io a spiegargli questa volta, sottovoce: «Fanno gli esercizi degli occhi. Anche gli occhi danzano nel kathakali».

L'edificio centrale, grande, visibile, è una vera e propria scuola. Ma ragazze e ragazzi sono seduti ovunque tranne che nei banchi: in terra, sui muretti, nei vani delle finestre e ripassano ad alta voce ciò che vanno leggendo nel quaderno, parole in sanscrito. Esattamente come li vede Michaux: "...seduti dappertutto tranne dove potrebbe apparire plausibile... (chi mai può sapere dove andrà a sedersi un gatto?), così è l'indiano..." Le ragazze nei sari coloratissimi, alzano lo sguardo e sorridono fugacemente agli sconosciuti.

Più tardi avrei scritto a casa: "...fermarsi qui a studiare il sanscrito, artisti come monaci, separati da tutto, dormire sulle stuoie in camere senza armadi, in case che non sono case ma ripari, danzare per gli dei, concepire l'arte come una preghiera. Perché noi pensiamo che l'arte sia uno scambio fra esseri umani. Ci sbagliamo. È uno scambio fra esseri umani e esseri divini. È un rito, e i riti richiedono complicità infinite con gli dei".

Seguo Ayyappam verso una musica di tamburelli. Lezione di Bharathanatyam, l'antica danza sacra. L'insegnante batte il tempo, le ragazze avvolte in stoffe azzurre e arancio tutte uguali, solo diversamente scolorite, inarcano i corpi, uniscono le dita, incrociano i piedi nudi, scuotono i sopraccigli, cantano nenie incantevoli. Mai visto niente di più soave: come può resistere un dio?

Adesso il guardiano-ballerino che ci aveva aperto il tempio è di nuovo con noi e ci spiega che è stato un poeta a volere questa scuola-eremo, regno del Danzatore Cosmico. Si chiamava Vallathol Narayana Menon e la sua statua grandeggia davanti all'edificio principale, l'unico con i vetri alle finestre.

«Ma i poeti non hanno soldi», dice il guardiano. Ha gesti principeschi, la mano si allarga lentamente quando la muove per indicare. «Fu il maharaja del posto a concedergli la terra e i finanziamenti per realizzare il suo sogno».

Però di lui non resta né una statua, né una fotografia. Quel maharaja sapeva che i suoi meriti risplendevano agli occhi degli dei, cosa poteva importargli della fama tra gli uomini? E quando veniva a sedere nel tempio e i danzatori portavano per lui Shiva in persona sulla terra e l'Uno diventava Tutto e Tutto l'Uno, egli, commosso nel profondo, perso nell'Assoluto, poteva spogliarsi di mortalità e comando e semplicemente essere un nulla, ovvero, finalmente, un tutto.

Il tramonto attraversa lo scheletro navale del tempio, simile alla carcassa spolpata d'un animale. Ayyappam, l'allegro-dentro, è felicemente assorto mentre segue il movimento scampanellante dei ballerini-santi. Anche per lui, che non è un principe, Krishna sta danzando in questo momento e cerca di convincere l'eroe Arjuna, pieno di dubbi, a combattere. La lotta fra male e bene divampa dentro il guerriero che non vorrebbe uccidere. Non agire agendo e non agendo agire, gli sta insegnando il dio. Ecco la soluzione. Può il bene scaturire dal male? chiede l'eroe. Può un guerriero non uccidere? replica Krishna. (E uno scrittore non scrivere? E un amante non amare?) C'è un destino che ciascuno deve compiere, dice Krishna, per piacere agli dei. Purché lo compia in nome loro, indifferente all'esito. Purché lo compia dritto come una freccia che da sola colpirà il bersaglio. Purché del bersaglio l'arciere si dimentichi; purché, agendo, si astenga dall'agire. Può il sole non sorgere?

O non tramontare, come sta facendo adesso? Cosicché nel tempio la penombra rosseggiante si spegne a poco a poco mentre prendono forza i tremolanti riflessi delle candele sulle vesti scintillanti degli attori, sui campanelli che accompagnano ogni movimento, sulle lunghe parrucche nere e sulle teste assorte del pubblico, commosso dal respiro troppo vicino del dio.

«Stelle, stelle», dice Ayyappam sulla via del ritorno mettendo un braccio fuori dal finestrino e indicando il cielo sopra di noi.

«Stelle», convengo, sballottata dai ciottoli della terra.

La giungla te la senti addosso come un respiro troppo vicino. La notte è inquieta, popolata di richiami. All'alba, anzi prima dell'alba, quando il cielo comincia appena a essere meno scuro, ti sveglia un suono che pensi uscito dal tuo sogno. Ma vive anche fuori dal sogno, quindi è reale, appartiene a uno dei cinque sensi, l'udito. E l'udito si tende, cerca di tradurre quel suono; è una nenia lontanissima, quasi indistinguibile dal fruscio delle foglie, come di animali che si svegliano, si scuotono, e barriscono, mugghiano, ruggiscono, cantano. È un canto? Allora è umano?

Nel letto spartano abbracciavo le gambe attraverso il lenzuolo, sentivo l'accelerazione del battito cardiaco. Uomini o animali erano di un genere non familiare, neanche ostile, ma talmente diversi da ogni quotidianità mia da essere comunque una minaccia. L'udito attivato lavora. Un suono che nell'immaginazione si adatta al movimento degli elefanti quando scuotono le orecchie e la proboscide e si alzano sulle zampe anteriori mulinando momentaneamente nell'aria: questa è una spiegazione. Ma ecco allora che i suoni diventano due, o perlomeno di due tipi. C'è sì una specie di barrito, di respiro da grande mammifero, ma c'è anche il canto, qualcosa che somiglia a una melodia, voce umana. Non una voce isolata, tante voci insieme. Una preghiera collettiva, ecco, una processione lontana, un andare al tempio a salutare il sorgere del sole, ancora al buio, ancora sottovoce, un uscire lento dal silenzio notturno, uno stropicciarsi via dal sonno pensando subito a dio.

E io che, svegliandomi, non ritrovavo altro che la mia angoscia – angoscia di solitudine e di lontananza, questa volta, – aprivo la finestra del bungalow e respiravo la nebbia e l'oscurità tremando di freddo, spiando sugli alberi pericolose presenze. Ora il suono era decifrabile come canto, mentre gli animali si acquietavano. I musulmani del villaggio si raccomandavano ad Allah, gli induisti preparavano offerte agli dei casalinghi, i buddisti precipitavano nella prima meditazione profonda della giornata. E intanto gli elefanti barrivano, la tigre probabilmente si ravviava il pelo come un gatto al mattino presto, nascosta da qualche parte nel fitto degli alberi. Anch'io volevo il mio dio, uno qualunque da amare e da cui essere amata con un po' di fortuna. Ma come pregare, dove rintracciare le parole perse con l'infanzia? Sulle pareti di un albergo europeo avrei scovato un crocefisso, una madonna dolente; qui le pareti erano bianche e nude, screpolate. Un geco le custodiva lento, un insetto, come una mosca gigante, le stava esplorando, sul pavimento si aveva sempre l'impressione di non essere stati svelti a cogliere l'attraversamento di un topo o di un serpente, ma se ne avvertiva il ricordo. Gli indiani, così colmi di dei, rispettano la religione degli altri e negli alberghi non impongono immagini. Oppure, sapendo il nostro vuoto di religione, ci restituiscono quel vuoto.

A Madurai avevo voluto entrare in una chiesa cattolica attirata, anche lì, dalla dolcezza di un canto. Era una messa vespertina. Larghi ventilatori andavano, appesi al soffitto. Le poche panche erano deserte perché i fedeli preferivano stare accovacciati in terra e questo dava alla piccola compagnia una tenerezza intima anche se nei grandi spazi della basilica ci si disperdeva, chi dietro una colonna, chi intorno all'altare, chi contro un muro. A piedi nudi sul fresco del marmo si camminava senza rumore e aleggiava fra le zanzare il rilassante profumo degli incensi, il trasparente tremolare dei sari. Una donna adagiò il suo bambino addormentato su una panca e si concentrò in preghiera. Il bambino poteva avere tre anni, era minuto e molto bello, color cioccolato chiaro, le gambe uscivano lisce e tornite da calzoncini corti militari. Nel sonno muoveva un braccio ogni tanto a scacciare gli insetti che si affollavano sul suo viso rotondo, sulle mezzelune delle palpebre chiuse. Era così quieto quel movimento, così rassegnato, così inconsapevole, che faceva pensare alla morte, alla grande tristezza dell'infanzia mai sazia nei suoi bisogni, eppure fragile e arresa al volere dei forti. Veniva subito voglia di cullarlo quel bambino, di consolarlo di tutto, di liberarlo dalla tortura delle zanzare avide del suo sapore. Ma la mamma ci pensò prima degli altri. Lo riprese in braccio con una delicatezza infinita, se lo arrotolò nel sari allargando il velo sulla piccola testa senza mai smettere di muovere le labbra. E il bambino non uscì dal sonno, davvero poteva essere morto, tanto più che adesso a scacciare le mosche pensava la madre e lui poteva tranquillo abbandonarsi all'immobilità di chissà quale sogno.

Sembrò che il canto fosse stato intonato soltanto per cullarlo, per comune, tacito accordo.

Piano piano la nenia nella giungla si affievoliva e appariva la prima luce dell'alba, io mi sono riaddormentata senza venire a capo di niente. Che un'umanità capace di pregare tanto sia un'umanità migliore è insostenibile, così mi sono riaddormentata senza consolazione.

«Quaranta tigri vivono nella giungla del Periyar, ma per vederle bisogna che sia estate e un'estate molto calda. La tigre vive nascosta, nel profondo più fondo della foresta. Solo nelle ore torride, esausta, si avvicina al lago in cerca di refrigerio. Allora può capitare di vederla. Se si è molto fortunati. La tigre è particolarmente sensitiva, sente la presenza dell'uomo e non lo ama. Non ama essere vista dall'uomo». La guida che mi scorta al lago, giovane e scheletrico nei pantaloni occidentali e nella maglietta a righe, sorride scuotendo la testa stupito forse che io non sappia niente di tigri. Gli dispiace come fosse colpa sua che sicuramente la tigre non la vedrò. Siamo in dicembre, e per quanto al levarsi del sole mi scioglierò di caldo, ci vuole altro per stanare una tigre. Ma per ora l'alba è ancora avvolta nella nebbia, fa quasi freddo persino con la felpa. Camminiamo in mezzo a una folta vegetazione dall'incredibile varietà di forme, animata di voli mattutini, di cinguettii ancora intorpiditi. Il lago non si vede, si intuisce. Come s'intuiscono tutti gli animali ritrosi e sospettosi che non vedrò al pari della tigre, tutte le scimmie e gli orsi e i cervi che si guardano bene dal venire allo scoperto a intrattenere i turisti.

Qui ci sono gli animali veri; lo senti nell'aria, sei consapevole dei loro occhi e delle loro antenne, di narici e pori dilatati ad avvertire il pericolo. Tu, venuto per guardarli, ti senti spiato da mille sguardi invisibili, sguardi che passano attraverso odori e vibrazioni. La nebbia si è

22

sollevata appena quel tanto sul lago da far apparire le barche. La guida mi presta una mano dal chiaro palmo percorso da linee scure intrecciatissime per montare sul barcone bianco e azzurro, vecchio e fracassone. Dice qualcosa al pilota nella lingua che non capisco e mi fa ciao con quel palmo carico del suo difficile avvenire. Il pilota squadra con pietà la mia incomprensibile solitudine e m'invita con un gesto a sedermi. Io cambio diversi posti prima di decidermi, apro un vetro traballante e mi affaccio a guardare il grigio nebbioso che nasconde tutto a parte il pelo dell'acqua. Lui si appoggia al volante in attesa, spegne il motore che aveva faticato ad avviare. Sento nell'aria le domande che ha in testa su di me e che non mi porrà mai. L'umidità mi è entrata nelle ossa e ho ancora più freddo; non ho idea dello scenario che mi circonda al di là della barca e del lago, sono assediata da suoni indecifrabili, aliti, richiami. La giungla è questo: natura senza necessità di presenza umana; un posto, anzi, dove la presenza umana è decisamente superflua; un laccio che si stringe minaccioso intorno a qualsiasi segno di civiltà. Visitarla con quei segni addosso, abiti, macchine fotografiche, motori, è sacrilegio. È logico che gli alberi, quando improvvisamente appaiono, sfumata la nebbia come un sipario, sembrino indietreggiare.

Il pilota riaccende, facilmente questa volta. Tutta la mia cultura di occidentale sensibile ai problemi dell'ambiente s'indigna, la barca procede in uno sferragliare assordante di motore. Per parlare dovrei sgolarmi, come sperare che gli animali vengano a salutare un simile mostro acquatico? Giusto gli uccelli sembrano indifferenti e si contendono i pali fissati alti nel lago. Che siano sordi? M'incanto a guardarne uno azzurrissimo. Il pilota si gira con un bagliore d'occhi neri nel bianco, di denti bianchi nel nero, e dice qualcosa subito mangiato dal rumore. «Cosa?» chiedo. Ripete, ma di nuovo non capisco. Mi alzo traballando per avvicinarmi. Colgo qualcosa come "fishing" e ricostruisco: martin pescatore. Sollevato, il pilota sorride e dondola la testa in quel gesto infantile che acconsente e mi commuove. Basterebbe questo per farmi amare tutta la nazione, perché perdoni, a lui e all'India intera, il fracasso al centro di una riserva che si vorrebbe incontaminata. E lui, grato, mi fa un dono meraviglioso. Spegne il motore nel bel mezzo del Periyar. Ed è come se scomparissimo, noi due, il barcone, le diverse forme di civiltà che rappresentiamo. Siamo solo esseri, accettabili, esseri che respirano. Il miracolo è stato immediato. Il motore ha taciuto e si è acceso il silenzio. Si è proprio acceso, perché un silenzio così silenzioso non l'avevo mai sentito. Mai. Nemmeno nella più fonda delle campagne di casa mia, nemmeno sulla cima delle montagne coperte di neve. Quello è comunque un silenzio domestico, umano. Questo della giungla è animale. "Ci sono vari gradi di silenzio", dice Simone Weil, "esiste un silenzio nella bellezza dell'universo che è rumore in confronto al silenzio di Dio".

Riaccende, ripartiamo, lenti e frastornati. Il sole è alto, caldissimo, la barca è diventata asfissiante. Apro tutti i finestrini, agitata e nervosa. Poi mi capita di guardarlo, il pilota, il suo profilo primitivo dal naso troppo breve, dalle labbra troppo carnose, dalle ciglia troppo folte, e vedo come tende i sensi, come scruta la sponda che costeggiamo, come spinge lo sguardo dentro l'intrico di rami e vegetazione, come ascolta. Cerco di imitarlo, mi faccio attenta, anch'io spingo lo sguardo profondo quanto posso, ascolto, ma sento solo l'insopportabile motore. Mi percepisco slavata, ottusa, inadeguata, mi pento a nome della mia intera razza di non aver coltivato i cinque sensi per svilupparne un sesto superiore, di non sapere annusare e quindi di non sapere intuire. Vedo gli alberi come appiattiti contro uno schermo, il lago come una macchia ferma. Insomma non vedo niente, non vedrò niente. Una gita in barca sotto il sole a picco, con le orecchie rotte dal rumore, la testa in fiamme, ecco tutto.

Ma il pilota accosta in una piccola baia. Spegne di nuovo, scruta tendendo visibilmente i muscoli del collo, alzando leggermente il mento. Il miracolo si ripete e io subito mi calmo. Basterebbe questo silenzio incantato a riscattare la mia insensata navigazione. Gli uccelli si lanciano messaggi da una riva all'altra, forse parlano di noi, della nostra barca. Il fatto che il pilota non si rilassi mi tiene all'erta, ma perché? Cosa stiamo aspettando? Non importa, non chiedo. Mi riempio di calore muto, sono felice. Un gesto del dito a indicarmi un punto, il pilota richiama la mia attenzione. Sì, ora sento. Uno scalpiccio, zoccoli su terreno cedevole, respiri fondi, fremiti di narici: vengono dalla vegetazione, sulla sinistra della breve spiaggia. Ed ecco compaiono, grigi, immensi.

«Bisonti», sussurra il mio compagno.

Forse stavano venendo al lago, volevano bere, bagnarsi. Ma ci siamo noi. Percepisco un ferino disappunto. Il capobranco prosegue con messaggi nasali, scalpiccii fuori ritmo, scuotimenti del capo perentori, si tira dietro gli altri, saranno dieci in tutto, in fila per uno, muso contro la coda mobile di quello che precede, compatti, serrati, testa bassa. Non ho parole, proprio non le conosco. Mi manca il vocabolario animale giusto. Posso dire solo l'emozione mia al loro cospetto, come mi fosse apparso un angelo, un dio. Immobile, il respiro sospeso. Non oso fotografarli. E poi li voglio osservare, prima che scompaiano. Perché già il capobranco penetra di nuovo nella vegetazione dalla parte opposta della spiaggia, e mentre lui si immerge l'ultimo bisonte appare dall'altro lato e senza rompere le righe segue prudente gli altri senza alzare la testa. Finché anche lui scompare nella foresta. Sopravvive per pochi istanti lo scalpiccio degli zoccoli, e qualche possente sospiro. Poi più nulla. Il silenzio abitato e solenne della giungla.

È come avessi visto la tigre. Ringrazio l'entità misteriosa del bosco che mi ha concesso questo, e per oggi non chiedo altro.

Forse è il clima a drogare così, l'appiccicosa umidità della giungla. Ma anche il profumo delle spezie tutt'intorno, cannella, cardamomo, pepe, noce moscata, chiodi di garofano. Finisce la giungla e cominciano le piantagioni. Sterminate quelle del tè dai cespuglietti bassi, quelle degli alberi della gomma dalla corteccia ferita. Le percorro per raggiungere il villaggio dove vado a cercare il tempio. Voglio venire a capo della nenia mattutina, quel risveglio umano e animale prima dell'alba. Un vuoto strano, un ozio di persone e di cose abita qui, ai bordi della giungla, nell'ebbro sapore delle spezie. Seguo gli odori, ma non trovo il mio tempio. E il caldo è incessante. Il villaggio senza nome è una strada vuota costeggiata di tuguri e casette, di sedicenti alberghi che danno un senso alla parola stamberga; ogni tanto passano biciclette, raramente auto clacsonando con inutile insistenza. Una vacca cammina sbilenca in mezzo alla strada, e i venditori di spezie richiamano indolenti il passante, agitano i loro profumati sacchetti senza convinzione, con una pigrizia che viene dal vano affannarsi delle loro precedenti reincarnazioni. I soliti vecchi, tanti piccoli Gandhi vestiti di bianco, scheletrici, le mani giunte, le gambe intrecciate come il Buddha. Una donna stupenda lava le sue pentole in un rigagnolo e le fa diventare miracolosamente splendenti. Sono loro, è questa gente che canta al mattino? E dov'è il tempio? Chissà quale capanna lo nasconde. Oppure sta, come gli animali selvaggi, nel cuore della foresta perché l'occidentale non lo profani, non ci si avventi?

Sorridono gli indiani, sempre. E con i loro sorrisi tengono la realtà a distanza, tengono gli dei per sé.

Mi attardo fuori dal bungalow al tramonto, accovacciata sotto un banano che ha il casco carico, quasi maturo. Spero di riascoltare i canti del mattino. Ormai sono convinta che siano canti. Ma non si coglie niente di simile, forse perché l'aria serale non è vuota come quella mattutina, forse perché non è come uscire dal sonno e non avere udito altro per ore che i propri gorgoglii corporali. O forse le preghiere serali sono private, sono colloqui solitari con dio, resoconto di vergognose malvagità quotidiane o di segreti atti d'amore. Anche gli animali non hanno per il tramonto versi particolari, non si ritirano dalle attività del giorno con la stessa spettacolare enfasi del risveglio. Soltanto gli uccelli mi fanno compagnia, loro non stanno mai zitti, ogni occasione è buona per discutere da un albero all'altro, per lanciare provocazioni aspettando che qualcuno le raccolga. M'introduco quindi in una conversazione tra due corvi, inquieti fra i rami. Risponde lì per lì un improvviso silenzio che comunica tutta la sorpresa suscitata dal mio cinguettio improprio. Ma poi un corvo decide di stare al gioco, e mi risponde. Io tento di imitarlo, e lui replica più vivacemente. Andiamo avanti così per un po', mi sembra si diverta, finché una mia pausa dà al secondo corvo la possibilità di intromettersi e il *mio* corvo gli risponde subito e se ne vola via. Forse l'ha raggiunto, ma io non posso più vederli. È stato quello l'unico vero scambio che ho avuto con un animale indiano. In India gli animali sono troppo presi a cercare il cibo per intrattenersi in conversari oziosi, giochi, effusioni. Anche quelli domestici. Anche i cani, piccoli, macilenti, tutti uguali, musi a punta, color arancio chiaro, "intensamente bastardi" secondo Manganelli. Cani che non abbaiano, perché non ne hanno la forza, e cercano fra le immondizie, già frugate dall'uomo, quel che rimane di vagamente mangiabile contendendolo alle vacche sacre e alle capre. A Khajuraho, nel nord, ai piedi delle scale del tempio tantrico di Chitragupta, dedicato al Sole, ho incontrato un cagnetto che stava solo aspettando la morte tanto era esausto, magro, cisposo. Non c'era nessuno in quel momento. Furtivamente ho aperto un pacchetto di cracker e glieli ho sbriciolati davanti, colpevole. Quanti bambini affamati, donne, uomini avrebbero desiderato quei biscotti? Io li davo, sopraffatta dalla miseria, a un cagnetto moribondo, un esserino da niente, per tenerlo in vita qualche ora in più. E lui era il primo a stupirsi, cautamente incredulo si avvicinava trascinandosi, privo di gioia, tutto necessità. Non ho voluto nemmeno godermi la scena del suo primo banchetto dopo una vita di privazioni, sicuramente mai gli era capitato di mangiare tanto. Sgattaiolai via vergognandomi del mio sacrilegio, senza il coraggio di entrare nel tempio dove mi sarei trovata faccia a faccia con le undici teste di Vishnu, una per ogni reincarnazione. Ma ora so che Vishnu, tanto diverso dal dio cattolico, però come lui incolpevole di tutti gli orrori, eternamente distratto, non mi avrebbe giudicata. Mi avrebbe semplicemente compresa nel suo sogno.

Scende una sera improvvisa e un giovane inserviente dal dhoti a quadretti e i piedi scalzi scivola sul prato ad accendere le luci esterne dei bungalow. Dice buonasera con la leggerezza dolce di chi si muove nel dharma, la legge universale, il dovere di ognuno. Accettare il dharma, abbandonarvisi, non interrogarsi ma fare. Il destino di Arjuna è combattere, quello del ragazzo scivolare al tramonto sul prato per accendere, una a una, le lampadine sulla porta dei bungalow. E grazie al suo gesto insignificante e superfluo ora ogni casetta ha un cuore acceso, confortante, un piccolo segnale nel buio, un faro nella nebbia.

Mi chiedo quale sia il mio dharma nel fare e disfare di progetti, attese da eliminare, desideri da sospendere, e come arginare i limiti nel groviglio della personalità che gli indiani chiamano karma facendone qualcosa che viene da distanze siderali, con il peso mostruoso di altre vite, altri errori, altre sconfitte. Intanto le luci fioche brillano a poco a poco di più col calare progressivo della notte e io imparo la nuova particolare malinconia di sentirmi a casa lontano da casa.

"Che ci faccio qui?" me lo sono chiesto innumerevoli volte nel tragitto interminabile fra Delhi e Benares. E poi me lo sono chiesto ancora e con più sgomento a Benares. Allora avrei voluto prendere il primo aereo e tornare in Europa, l'Europa edulcorata delle città più amate, Londra Parigi Barcellona Budapest Amsterdam, anche l'Europa per me prevedibile di casa mia. Appoggiare i piedi sul terreno solido di una condizione umana sopportabile.

A Benares le mie radici avevano cominciato a tirare indietro come briglie, ho rimpianto ciò che mai avrei creduto di poter rimpiangere, la teoria di ritrovi accoglienti lungo le strade spazzate e innaffiate, di negozi sfacciatamente ricolmi d'ogni sorta di mercanzie, le luci volgari di insegne frastornanti, i vassoi carichi di tutte le possibili scelte, titoli di film internazionali, musiche di tutte le epoche e di tutti i ritmi, cibi e bevande. Avevo creduto l'Europa sporca e fatiscente, ora sapevo come poteva diventare il mondo senza la nostra ipocrita ossessione di pulizia.

Costruire una città e lasciarla a se stessa è una contraddizione, ma è ciò che capita in posti come Benares. Anche chiamarla Benares all'inglese e non Varanasi, che è il suo nome indiano, il nome vero, è opporsi alla sua realtà inconcepibile. C'è chi s'innamora di questa verità sconcertante dell'esistenza umana, questa accettazione arresa alla materia per eccesso di spirito probabilmente. Qualcuno mi aveva detto: "Non andare a Benares". Qualcun altro: "Devi assolutamente andare. E devi passare una notte sui *gaths* e osservare i roghi dei cadaveri, come spaccano in due metà perfette la testa dei morti, come cocomeri".

L'immagine della testa-cocomero mi aveva accompagnato lungo il viaggio. La forza del mio spirito si commisurava al mio grado di resistenza a quello spettacolo da mattatoio. Ma più penetravo l'animo indiano, più mi diventava indifferente la forma esteriore dei riti, della miseria, della malformazione fisica, la povera evidenza della vita e della morte, mentre mi facevo sensibile all'alto tasso di assoluto che si spandeva invisibile eppure tangibile, infinito, irrimediabile. Come l'ossigeno in alta montagna il sacro annienta chi non ha compiuto seriamente il propedeutico allenamento.

I *gaths* sono i gradoni che scendono nell'acqua. A Benares scendono nel Gange. I devoti vi si bagnano e vi si lavano nel grigiore umido dell'alba, mentre alle loro spalle ardono le cataste di legna con i corpi solitari dei morti. Benares è una città di cenere. Si cammina nel fango e nella cenere, si respira cenere. Aleggiano nell'aria le pellicole leggere della cenere, una nebbiolina bianca che si confonde col sapore duro dell'inquinamento, con i gas di scarico delle vetture disordinate, automobili e camion che s'insinuano dove vedono un varco, senza regole precise o molto vaghe e contendono il poco spazio al lento deambulare delle vacche, al loro urinare fluviale e incongruo sull'asfalto, al loro far cuccia improvvisa nel mezzo d'un incrocio, creando ingorghi irrisolvibili e clamorosamente chiassosi. Clacson, voci, motori, ogni cosa si mischia e vola con la cenere in una calma disumana, intatta malgrado tutto, che è poi la calma delle mucche. I polmoni occidentali vorrebbero smettere di respirare, le narici di annusare l'odore estremo della decomposizione del corpo, di escrementi e macerie, gli occhi di vedere persone e animali buttati dove capita, nel caos infernale di una strada o nella quiete di un tempio, a dormire forse l'ultimo sonno. Non sai mai se chi è disteso, cane, vecchio, bambino, dorme o è già morto. Non sai più niente di te stesso. Che ci faccio qui, se la mia cultura mi ha insegnato a fare pulizia, a nascondere il male negli ospedali, la morte nei cimiteri, il brutto nei lazzaretti? Un'umanità straordinariamente bella, ben nutrita, profumata mi soccorreva nel ricordo, cani e gatti giocherelloni, onde disinquinate, aria protetta. Ma il mio mondo mi crollava davanti di colpo se una vecchia mi prendeva la mano nella sua mano ispida trascinandomi al cospetto di una statuetta nel tempio. Era una vecchia accattona, come tante in India. Le orecchie le si erano allungate in modo mostruoso per il peso di orecchini portati quotidianamente, infilati bambina e tolti in cambio di cibo il giorno della solitudine e dell'abbandono. Al posto degli orecchini, due buchi enormi avevano trasformato i lobi in creste di gallo pendule e grinzose. Un povero sari quasi trasparente le stava appoggiato sulla pelle coriacea e pieghettata, nascondendo a malapena i sacchetti lunghi e vuoti dei seni, la pancia lievemente gonfia, il pube ancora effervescente di peli. Dal sorriso mancavano i denti. Gli occhi navigavano in un'acquosità cisposa. Un dito straordinariamente scuro e nodoso mi indicava la statua della divinità dietro una grata, parole incomprensibili m'invitavano forse alla preghiera.

«Shiva?» ho domandato, ancora ignorante delle innumerevoli forme degli dei. La vecchia si è offesa, ha abbandonato la presa della mia mano con orrore, ritirandosi dispiaciuta nei suoi stracci.

«Vishnu!» ha detto cupa nella rampogna e si è dimenticata di chiedermi l'elemosina.

Ci fosse stato Ayyappam, lui avrebbe saputo come mediare fra il suo mondo e il mio. Ma Ganesh guardava esterrefatto le mie lacrime senza sapere che pesci pigliare. Non potevo frenare il pianto, neanche rimandarlo quel tanto che ci voleva a tornare in albergo, a chiudermi sola nella stanza. Piangevo in silenzio, senza fazzoletto per asciugarmi gli occhi, riuscendo a contenere soltanto i singhiozzi più rumorosi e scomposti che mi premevano dietro lo sterno. Ganesh guidava, bloccato nel traffico, spiandomi di tanto in tanto nello specchietto. Non avevamo nessuna lingua in comune, nemmeno l'inglese di fantasia imparato per strada dagli analfabeti. Solo gesti. Io stavo gridando senza parole: voglio andare via, ma nessun gesto poteva tradurre quella preghiera. La goccia era stata l'agnellino nel Tempio delle Scimmie in attesa di essere sacrificato. Un povero piccolo agnello, legato in pieno sole, che belava disperato in qualche modo consapevole e ribelle al suo destino.

«Perché non sacrifici umani, allora?» mi ero messa a discutere con un penitente che oziava fuori del tempio.

Mi guardava tranquillo e comunicativo, una bella faccia pulita, occhi di un marrone scintillante, drappo scuro fresco di bucato, lungo fino ai piedi senza scarpe, capelli sale e pepe tagliati corti, ricciuti.

«Quanti secoli dovranno passare perché la nostra sensibilità avverta l'orrore di uccidere un animale quanto sentiamo quello di uccidere un essere umano?» Gli avevo ricordato le parole di Gandhi: "Per altri bisogna intendere non soltanto l'umanità, ma tutto ciò che vive". «Sono d'accordo», aveva risposto. «Sono d'accordo». Per saltare un gradino alto, aveva dovuto tirarsi su la veste e nel farlo aveva scoperto la deformità insospettabile delle sue gambe. Era un uomo sottile, fine. Le gambe erano invece sproporzionate, gonfie, bruttissime a vedersi. Cogliendo lo stupore nel mio sguardo, mi aveva stretta per un attimo fra le braccia con gli occhi sempre ridenti.

«Elefantiasi, una malattia che si prende camminando a piedi nudi nell'acqua infetta. Non posso farci niente».

«Qui», ho detto a Ganesh indicando Sarnath sulla carta. Il suo camioncino, avevo scoperto, era anche la sua casa. Aveva ai finestrini delle vezzose e lise tendine bianche, l'immancabile immaginetta di un guru sul cruscotto, il bastoncino d'incenso acceso infilato nel portacenere. Dieci lunghi chilometri fra le vacche, i mercati, le greggi, i camion ribaltati negli incidenti della notte e non ancora tolti di mezzo. Poi la strada si svuotava, la campagna si apriva. A Sarnath dovevo incontrare all'Istituto di Studi Tibetani un professore di sanscrito. Già quelle parole – tibetano, sanscrito – mi davano un'impressione di calma. L'istituto era un'oasi di pulizia e piante tropicali. Pochi studenti si aggiravano concentrati in se stessi lungo i viali. L'aria era fresca e respirabile. Ho aspettato in biblioteca che il professore finisse la sua lezione, cinque o sei persone raccolte intorno alla scrivania. Leggera di borsa e di scarpe, lasciate all'ingresso, vagavo fra i libri come in una galleria d'arte. Li sfilavo dagli scaffali e ci guardavo dentro quasi le pagine dovessero sfondarsi nella terza dimensione come succede con certe immagini elaborate al computer che acquistano profondità sotto gli occhi incantati. Nelle parole in sanscrito totalmente incomprensibili vedevo forme e disegni che continuavano a non dirmi niente se non un'idea di bellezza e di equilibrio.

«Varanasi è una città santa», diceva il professore seduto sotto il ventilatore nelle basse poltrone del salottino davanti a un bicchiere di tè al latte. «Per amarla bisogna conoscerla meglio».

Era vestito con il dhoti, sistemato in modo da formare delle braghe, come si usa in quella zona, e aveva un cerchio rosso e d'oro in mezzo alla fronte, segno che era già passato al tempio.

«Per gli indù significa molto. Da tutta l'India vengono a morire a Varanasi. Vengono vecchi e malati e aspettano la morte. Li spinge una fede autentica».

«Forse mi aspettavo che una città santa mi avrebbe comunicato serenità. Ho provato il contrario», gli ho detto.

«Il dualismo occidentale separa lo spirito dalla materia. Ma tutto è uno».

«Vorrei non dover tornare a Varanasi, vorrei restare qui a Sarnath».

«Roma, Sarnath, Varanasi: il cambiamento è interiore. L'India di per sé non può dare molto a chi non compie intimamente una sua personale e segreta rivoluzione. È un paese come gli altri, pieno di problemi, devastato dalla politica, dalla corruzione, dalle contraddizioni dello sviluppo. Ma se Sarnath le piace, resti a Sarnath. Qui il Buddha iniziò a girare la ruota del dharma, tenne il suo primo discorso pubblico; è un posto carico di emanazioni».

Non so se fossero le emanazioni o semplicemente la pace del prato all'inglese nel Parco delle Gazzelle fra le rovine di un antichissimo tempio di cui si è persa la pianta. Certo stavo bene, come fossi aperta e trasparente e il vento mi attraversasse. Monaci tibetani dal cranio rasato cantavano intorno allo stupa gigantesco, un primitivo mausoleo a campana, dura pietra compatta, senza entrate, senza pertugi, reliquiario del Buddha. Processioni di pellegrini giapponesi, vestiti di bianco, passavano ordinate e silenziose. Anche i venditori di statuette davano tregua ai turisti, tenendosi in disparte. Qualche penitente faceva ripetutamente il giro dello stupa, toccando la pietra e salmodiando.

Da un albero, a un certo punto, si è staccata una figura umana, un giovane maschio magrissimo, vestito solo di uno straccio bianco intorno ai fianchi, dai lunghi capelli ispidi e incolti e lo sguardo ferino, uno dei tanti principi Siddharta, un asceta. Ha attraversato velocemente il prato, inconsistente come una piuma, per andarsi a sedere a gambe incrociate accanto a un monaco acconciato come un antico romano in uno sgargiante drappo color arancio. Parlavano fittamente, radicati all'erba come due fiori differenti, cresciuti vicini per volontà del caso. E dopo un po' qualcun altro si è seduto con loro ad ascoltare in silenzio. Ho pensato di potermi avvicinare anch'io, pur senza capirci niente. Ma cogliendo la freccia timida dello sguardo dell'asceta su di me, ho avvertito subito che la presenza femminile lo aveva turbato e mi sono pentita dell'iniziativa. Restavo immobile, cercando quasi di sparire perché lui potesse rimanere se stesso e io potessi continuare a guardarlo parlare. La sua estraneità era tremendamente attraente, lui non poteva saperlo, ma certo lo sentiva. Lui era come i bisonti nella giungla, un'apparizione che mi faceva vedere il mondo in una fase creaturale, prima che si rompesse il rapporto di comunione con dio. Il monaco tibetano, invece, volgeva al prossimo uno sguardo benevolo e curioso, me compresa. Mi rivolse la parola in inglese, interrogandomi. L'asceta abbassò la testa isolandosi, sembrò risucchiato in un cono d'ombra. Io ascoltavo il monaco che mi raccontava di non essere tibetano, ma giapponese e di essere in India ormai da così tanti anni che si considerava indiano, di aver fondato a Sarnath una scuola per togliere i bambini dalla strada, dove insegnava a leggere e scrivere l'hindi e anche un po' d'inglese. Era grande e protettivo come un gattone buono. La sua spalla liscia di un bel colore olivastro emergeva pingue dalla veste arancione. Il braccio muscoloso, glabro, stringeva un libro. Tutto esprimeva in lui rotondità materne. Mentre l'asceta scontroso aveva una carnagione molto scura, muscoli lunghi incollati alle ossa, una gabbia toracica stretta e concava, il ventre piatto risucchiato dai digiuni. Gesù Cristo doveva somigliargli.

La sua timidezza mi metteva a disagio, così ho deciso di liberarlo. Ho salutato il monaco, il suo faccione largo dondolante, mentre avrei voluto chiedergli di adottarmi, e sono andata al tempio, accogliente, pulito, tutto colonnine e porte azzurre aperte. Deserto. E dentro pareti laccate di rosa pastello e di azzurro, rilassanti, e pitture senza pretese, paesaggi del Gange, e una campana di bronzo appesa a una lunga corda. Bisognava suonarla per segnalare la propria presenza agli spiriti aleggianti, un saluto insomma, un po' come nelle nostre chiese ci si segna, entrando, con l'acqua benedetta. Nel porticato basse panche di legno con poveri pagliericci o semplici stuoie erano i letti dei monaci assenti. Una pace quasi irresistibile in cui diventano più facili i pensieri. Anzi il pensiero abbandona il cervello e si espande libero a capire ogni cosa o indifferente a capire alcunché. Pace ed espansione, ecco l'esperienza di dio disciolto nell'aria, quando non sai niente di più su di lui, ma lo puoi respirare.

Intorno c'era un giardinetto di banani, quieto, fresco. Lì sono rimasta a lungo, quieta e fresca anch'io, trasformata in arredo del tempio finché una folla di pellegrini mi ha risvegliata e allora sono scivolata via, di nuovo nella bella luce accecante del parco. Vedevo di lontano il monaco e l'asceta ancora insieme, immobili l'uno accanto all'altro, in preghiera. Il monaco sembrava una statua di Buddha, così liscio e rotondo, la schiena perfettamente eretta nella posizione del loto, le mani unite a formare una sfera sull'inguine, l'ampio lenzuolo drappeggiato intorno al corpo, il bel cranio levigato, le orecchie proporzionate, il naso perfetto, la bocca sorridente e carnosa. L'asceta era sempre ripiegato su se stesso, leggero e scuro dentro la barba incolta, le gambe due stecchini come quelle di bambini che crescono in fretta e non trovano il tempo di ingrassare, ginocchia e gomiti spigolosi, una fronte spaziosa e prominente e un naso lievemente adunco.

A dieci chilometri da quello spazio tranquillo c'era il crematorio di Benares sempre attivo e brulicante di morti moribondi morituri, pire accese, legna accatastata, ceneri riversate in acqua, nudi bagnanti, fasciature insanguinate, moncherini sfacciatamente esibiti, fumi e nebbie. A questo stavo pensando, quando mi sono vista improvvisa la veste arancione davanti. Il monaco, in piedi di fronte a me che rimanevo accovacciata, mi guardava dall'alto e sorrideva contento. Stava dicendo qualcosa.

«Il buddismo non esiste più, né il cristianesimo, né nessun'altra religione. La gente pensa solo al denaro. Anche chi sembra pio non lo è. Perché non c'è più fede. Finito. Non si crede più».

«Ma i monaci credono», ho asserito con una convinzione che non mi spettava.

«Fare il monaco è facile: devi solo pregare, mangiare, dormire. Credere è un'altra cosa». È scoppiato a ridere e salutando si è allontanato. «Pregare, mangiare, dormire», lo sentivo ripetere ridendosela fra sé.

Avrei voluto rincorrerlo e chiedergli: "Allora, dimmi, credere che cos'è?" Ma sapevo abbastanza di anima per non farmi illusioni. Ecco qualcosa che nessuno può spiegarti, tutt'al più può indicarti una via. E quella a me era già stata indicata; ne avevo percorso un pezzo brevissimo, abbastanza da capire quanto fosse impervia. Abbastanza da avere voglia di abbandonarla.

Non si arriva mai a Santhi Madiram. La jeep ci sballotta e l'autista protesta fra sé. La strada è finita, morta come un rigagnolo fra le povere case assolate di un villaggio che non è nemmeno più un villaggio, è una frazione di villaggio sorta in modo incontrollato dalla terra rossa. Una forma di deserto.

«Sri Nagananda swamy», chiediamo alla gente che sosta inoperosa e assonnata davanti a usci senza porta. «Dov'è la casa di Nagananda swamy?»

Swamy vuol dire monaco, guida spirituale. Degli swamy avevo letto nei libri di Isherwood. Mi divorava la curiosità. Avevo incontrato per caso Antonio e Gilberto e mi ero offerta di dar loro un passaggio, in cambio mi avrebbero presentato Nagananda. A Puttaparthi, l'ashram principale di Sai Baba, avevo dovuto ingoiare una delusione: il maestro era partito proprio quella mattina per trasferirsi in una comunità secondaria e sarebbe tornato dopo quindici giorni. Baba non è un semplice swamy, è un avatar, una divinità in forma umana, un dio incarnato. È nato nel 1926 e morirà a novantasei anni, così ha pronosticato. Lasciandomi di stucco, a Roma, qualcuno mi aveva raccontato questi fatti, qualcuno molto devoto all'oriente, del tipo invasato e tassativo che s'incontra in occidente. «Baba è dio, Baba sa tutto, Baba sa che in questo momento noi due stiamo parlando», aveva detto minaccioso. Ma, avendo imparato a distinguere il vero, o almeno il possibile, dietro la superstizione, m'ero proposta di andare a vedere che genere di suggestione Baba avrebbe suscitato in me. Il medesimo devoto mi a-veva avvertita: «Non sei tu che cerchi Baba, è Baba che cerca te. Devi aspettare la sua chiamata, sa lui quando». Così non era per questa volta. Baba non mi aveva chiamata, anzi mi aveva mostrato le spalle. Potevo capire che non gradisse il mio scetticismo. E per quanto mi fossi attardata presso le bancarelle fuori dell'ashram e avessi anche fatto piccoli acquisti, i soliti incensi e persino la polvere sacra creata dal nulla ma su scala industriale da Baba, ero rimasta infastidita, ferita quasi, dalle foto a co-lori del sant'uomo vestito d'arancio incastonate in anel-lini e medagliette. Mai amato i maestri in carne e ossa, preferisco incontrarli nei libri. "Sii il guru di te stesso", la semplice prescrizione di Krishnamurti mi aveva con-quistata una volta per sempre.

Mi aggiravo dunque nell'ashram senza riuscire a prendere una decisione, se trattenermi un po' o ripartire subito, magari inseguire direttamente l'avatar a White-field, l'altra comunità, quando ho colto alle mie spalle i suoni familiari della mia lingua. Due voci maschili. Un uomo sui quaranta con i capelli quasi lunghi e uno più giovane dai capelli corti e una fascia intorno alla fronte si parlavano camminando. Indossavano la kurta, un pi-giama di cotone bianco, molto comune fra i pellegrini. Mi hanno confermato l'assenza di Baba, mi hanno rac-contato gli ultimi suoi miracoli, mi hanno assicurato che la kurta è molto comoda e mi hanno consigliato di adot-tarla, anche se è considerata un indumento maschile.

Sulla jeep, dopo aver convinto l'autista recalcitrante a continuare sulla strada sterrata perché la jeep serve proprio a questo, ci siamo detti le nostre storie. Antonio e Gilberto, in Italia, fanno lavoretti stagionali per mettere da parte qualche soldo e poter ripartire tornando ogni volta a Puttaparthi. Dell'India non hanno visto altro che questo remoto distretto di Anantapur, nell'Andhra Pradesh. Trasferirsi a Puttaparthi per sempre è il loro sogno, ma non sono ancora pronti. È per progredire nel percorso spirituale che vanno ora da Nagananda, maestro di meditazione. Staranno presso di lui due settimane, aspettando il ritorno di Baba. Perché vedere Baba quando si mostra nella darshan, l'appuntamento pubblico quotidiano, fa stare meglio, aiuta a progredire, dà un grande senso di pace. Così mi dispiace ancora di più aver mancato l'occasione. Chiedo se si riconoscono nell'induismo, che immagino essere la religione di Baba, nato qui.

«Dio è uno anche se viene chiamato in molti modi diversi», dice Gilberto.

«Baba, come tutte le *grandi anime*, conosce l'unità fondamentale delle religioni», aggiunge Antonio, «e lo scopo di qualsiasi religione è realizzare l'interiorità dell'essere umano, perché quell'interiorità è dio. Gandhi diceva che la religione è moralità. Cristo non riconosceva valore alla religione se non si esplicava in un comportamento religioso, vale a dire buono. L'etimologia di induismo è "astenersi dal fare il male", lo sapevi? Baba riconosce il comportamento religioso in chi segue questi principi morali: amore, verità, non-violenza, responsabilità, pace».

Dico che ad Auroville ho incontrato il Dalai Lama in

visita alla comunità e gli ho sentito dichiarare qualcosa di molto simile. Parlava di compassione, amore, perdono, tolleranza: «Al di fuori dell'osservanza di questi principi la religione, qualsiasi sia il suo nome, non serve a nulla», così aveva detto il Dalai Lama e io mi ero chiesta quale papa sarebbe stato d'accordo.

Su quella jeep, invece, ci domandiamo se tolleranza e pace possono considerarsi sinonimi. Rispondo che il concetto del perdono mi sembra bellissimo, anche se forse può essere compreso nella pace. Ma intanto siamo arrivati. Gilberto riconosce il posto e dà le ultime indicazioni all'autista che ricominciava a spazientirsi. Il suo compito era portarmi da Bangalore a Puttaparthi e ritorno, non quello di fare il pullman in giro per la campagna a perdere l'orientamento, mi fa notare. Parla inglese, ma io – traducendo mentalmente in italiano – ho pensato che orientarsi per noi contiene la parola oriente e mi è sembrato che potesse significare qualcosa.

La casa di Nagananda è una villetta bianca con un giardino fiorito, un'anomalia considerando il paesaggio circostante. Ma l'elemento incongruente dà subito l'impressione di una speciale accoglienza, come un'oasi nel deserto. Mentre mi siedo con Antonio sui gradini, Gilberto entra per parlare di me allo swamy che non mi aspetta. Dopo pochi minuti riappare sorridente e mi invita a entrare, da sola. Lo swamy ha accettato di ricevermi.

La stanza è buia, ma ho un'impressione di vuota vastità. Accecata dal chiarore esterno, mi fermo sulla porta perché non vedo niente. Poi mi accorgo di uno spicchio di luce laterale che entra da una finestra, l'unica con la tenda un poco scostata. Accanto alla finestra, ma in modo da restare in ombra, sta seduto lo swamy. È seduto su una sedia e mi fa cenno di avvicinarmi e di sistemarmi di fronte a lui sul pavimento che è di legno, ora lo vedo. La stanza non sembra più così buia agli occhi che si sono abituati alla penombra, è piacevolmente fresca e completamente vuota, a parte una grande statua di Buddha contro la parete di fondo, illuminata appena. Restiamo in silenzio per un po'. Sri Nagananda porta una tunica arancione, ha i capelli nerissimi e ricciuti, la pelle molto scura, è giovane, più di quanto avevo immaginato potesse essere uno swamy. Quando si mette a parlare, scopro una voce inattesa, forte e rauca, una voce anziana. Parla a lungo, con poche interruzioni. Parla di me a me stessa. Io non dico quasi niente.

«Se pensi alla vita, immagini cadute da altezze siderali, come l'essere proiettati su un pianeta, uno qualsiasi, il nostro forse, da una distanza infinita. Per questo confondi la vita con la morte, e ti chiedi: siamo fatti per la vita o per la morte? Questa domanda non ha senso. Il pianeta è diviso in spicchi, siamo capitati ognuno in uno spicchio e ne subiamo le leggi, il clima, ricchezza o povertà. Sei caduta nello spicchio, in un paese, una città, una casa, un letto, un corpo. Sei sprofondata in quel letto, duro o soffice secondo i momenti. Ma sei estranea allo spicchio, al paese, alla città, alla casa, al letto. Sei estranea a te stessa caduta».

«Sono venuta in India per correggere le coordinate della mia caduta?»

«Tu appartieni a un altro spicchio, non puoi sfuggirgli. Ma la vita non è caduta, e la morte non è salita. Vita e morte sono uno. Cerca la morte nella vita e sarà la vita, cerca la vita nella morte e sarà la morte. Gli odori, i colori, i sapori, la sensualità della vita: questo non va disprezzato. Cerca la vita nella vita. Tu hai un destino che è solo tuo, cerca il tuo destino».

Mi sto irritando come di fronte a un illusionista o, peggio, al gioco delle tre carte. Quale sarà la carta giusta? Quale rivolterò?

«No no no», dice lo swamy. «Non preoccuparti. Osserva, non devi fare altro. Se osservi, stai cercando. Se cerchi, trovi. Ricorda: sei estranea a te stessa caduta e, insieme, tu coincidi con te, con questa te che non è nessun'altra».

Mi fa aprire la mano e ci versa una polvere chiara e profumata, invitandomi a conservarla. Sono confusa e non mi chiedo da dove abbia preso quella polvere, comparsa improvvisamente nel palmo della sua mano e riversata abbondante nel mio. Mi predice sbrigativamente il futuro, rimandandomi a un certo anno, una certa data, e infine esige una promessa: dovrò dedicarmi con costanza alla meditazione. Dico di sì, abbassando la testa.

«È molto importante», conclude, e mi fa cenno di andare, come un principe a un suddito.

Antonio e Gilberto mi aspettano in giardino affettuosi.

«Ti ha tenuto un sacco di tempo».

«Davvero?»

«Sì, un'ora e mezza. Ma che ti ha detto?»

«Che devo fare meditazione regolarmente. Mi ha dato una polvere profumata e mi ha detto di conservarla».

«È il vibhuti, la cenere sacra. Dicono che ha poteri taumaturgici. Anche Baba la materializza. Disegna cerchi nell'aria con la mano e la polvere si forma dal nulla».

Cenere, materializzazione. Per quel che ne so, Nagananda poteva averla presa da una tasca. Io non ho badato ai suoi movimenti. Mi fanno notare che quel tipo di tunica che portano gli swamy non ha tasche. Ma io non ho nessuna intenzione di mettere in dubbio la materializzazione del vibhuti. So che per i santoni indiani materializzare oggetti è un gioco da ragazzi. Non mi stupisco.

«Ma perché polvere?» domando.

«Sai la storia polvere eri e polvere diventerai? Un monito, insomma, qualcosa del genere. Però il vibhuti aiuta, rafforza lo spirito, cura malesseri di ogni tipo. Basta strofinarlo nella zona dolorante. C'è chi se lo mangia. Come pane eucaristico».

Io mi limito ad annusarmi la mano dove ne è rimasta qualche traccia; ha un odore buonissimo di talco fiorito.

Swamy appare sulla porta e chiama Antonio con un gesto delle dita. Antonio si alza e sparisce dentro la casa. Il sole sta tramontando e la distesa di terra rossa tutto intorno diventa ancora più rossa, ma il calore non è diminuito. Siamo circondati da nuvole di insetti fastidiosissimi, che sarei tentata di sterminare, ma non lo faccio contagiata dalla pace del luogo. Vedo che Gilberto, assorto nei suoi pensieri non vi fa caso, nemmeno sventola la mano come faccio io ogni tanto per allontanarli un attimo. Non sono passati venti minuti che Antonio ritorna, raggiante.

«Ci sono, Gilberto, ci sono!» dice esultante. Non capisco a cosa si riferisca. Ma Gilberto sì, e lo abbraccia felice per lui. Antonio abbraccia anche me per spartire la sua gioia. Parla di episodi che mi restano oscuri, di esperienze di meditazione, di visioni avute e del loro significato, che evidentemente Nagananda gli ha spiegato e che è un significato positivo. I suoi occhi chiarissimi, larghi, sono ancora più larghi, buoni.

Quando vado via, ci abbracciamo di nuovo, ci auguriamo buona fortuna, ci baciamo sulle guance ripetutamente. Mi sembra di fare un salto indietro nel tempo, quando gli altri non erano mai degli estranei, ma solo compresi o non compresi in un gruppo di appartenenza. Ricordo improvvisamente quella semplificazione e i suoi vantaggi, e mi chiedo, senza trovare subito risposta, come mai la via dello spirito assomigli alla giovinezza.

Chissà perché Ayyappam era convinto che a me piacessero gli elefanti. Forse piacevano a lui e aveva stabilito che dovessero piacere anche a me.

«A me veramente fanno paura, però li trovo magnifici», ho detto, senza sperare di essere capita. Ci eravamo appena conosciuti. Mi aveva scarrozzata per Mattancherry ("Mattancherry, Mattancherry"), il quartiere ebraico di Cochin, e mi aveva portato alle *Chinese nets*, le grandi reti da pesca cinesi a bilanciere, di fronte all'isola di Gundu ("Gundu, Gundu"). Forse si preoccupava di vedermi girovagare senza entusiasmo, mi avrà immaginata insoddisfatta, avrà notato una mia propensione per i riti, la mia attrazione affettuosa verso ogni tipo di animale. Insomma, alle sette e mezza della sera, invece di ritirarmi in albergo dopo una giornata di turismo e di calore soffocante, mi sono ritrovata di nuovo sulla sua vettura, avvolta nel fumo degli incensi, diretta verso un villaggio che non stava scritto sulla mappa, a una distanza imprecisata ("vicino, vicino"), verso un tempio sconosciuto, dove – mi spiegò – si teneva la festa degli elefanti ("elefanti, elefanti"). Uscire dalla città a quell'ora significava impelagarsi in un traffico mostruoso, assordarsi di clacson, soffocare nei gas di scarico. Chiudere i finestrini voleva dire morire di caldo, tenerli aperti respirare con la sporcizia dell'aria gli odori nauseanti di un rigagnolo fognario che scorreva a cielo aperto accanto alle macchine bloccate. Ma Ayyappam sorrideva felice. Mi chiese se poteva mettere un po' di musica. Mi sembrò un'iniziativa stravagante in tutto quel frastuono; ero curiosa, però, di scoprire quali canzoni accompagnassero le sue giornate. Non vedevo l'impianto radio nell'automobile antidiluviana e infatti non c'era. Si serviva di un vecchio registratore. Mi mostrò due cassette.

«Scegli tu», gli ho detto perdendomi subito nelle scritte tamil.

«Musica del tempio, bello, bello. Guruvayur».

Una voce nasale maschile attaccò una nenia lentissima in cui io riuscivo a distinguere solo la parola Guruvayur, che era poi il nome di un villaggio e di un tempio particolarmente caro ad Ayyappam.

«Bellissimo, bellissimo. Andare, andare».

«Andare quando?»

«Altro giorno Guruvayur, altro giorno. Adesso elefanti, adesso».

Gli uomini che per strada si erano improvvisati vigili urbani qualcosa erano riusciti a combinare sbraitando e agitandosi, visto che miracolosamente il nodo del traffico si sciolse e le auto, i carri, i pullman si rimisero in marcia. La nenia di Guruvayur imperversava dentro il nostro abitacolo comunicandomi un po' di sonnolenza, quando ecco che la melodia ebbe un'impennata inattesa e accelerò di colpo con ritmo da discoteca. Per Ayyappam fu come ricevere una sferzata di energia. Cominciò a cantare sulla musica, a ballare con le spalle, la testa e il busto. Lasciò il volante per agitare le mani all'altezza delle orecchie. Ci sono situazioni in cui non ci riconosciamo, in cui ci comportiamo in modo bizzarro, sorprendente prima di tutto per noi stessi. Poi ripensandoci capiamo di aver rivelato proprio nella stravaganza qualcosa di autentico e che in verità ci somiglia perfettamente. Contagiata, anch'io ho preso a ballare sul sedile e questo ha mandato in visibilio il mio autista. Mi aveva vista nello specchietto e si era girato a sorridermi con la sua splendida dentatura scoperta. Per fortuna ricominciò la nenia, Ayyappam rimise le mani sul volante e non siamo finiti in un fosso. Per tre volte l'interminabile canzone si è riaccesa a ritmo veloce e per tre volte lui non ha potuto resistere e si è messo a ballare e a cantare. Adesso ero nelle migliori condizioni di spirito per godermi la festa degli elefanti.

Ayyappam di professione faceva l'autista, ma nel profondo si sentiva guardia del corpo. Il tempio era illuminato di mille lucignoli che vibravano nella notte. I devoti arrivavano a frotte da tutti i villaggi dei dintorni. Famiglie intere vestite a festa. Bellissime bambine con gli occhi dipinti, le bocche rosse, nei perfettamente rotondi in mezzo alla fronte. La mia guida non mi perdeva di vista un momento, mi faceva strada fra la gente scostando le persone con le braccia, camminando storto per potermi tenere d'occhio. Il tempio aveva pianta quadrata. Nel cortile interno stavano allineati gli elefanti bardati, tintinnanti di campanelli. La sabbia era impastata dei loro giganteschi escrementi. Al centro del cortile una costruzione quadrata era il sancta sanctorum impenetrabile per i non indù. Intorno a quel tempietto centrale partiva di tanto in tanto una processione, guidata da uno o più elefanti costretti a fare il giro tre volte. Li cavalcavano piccoli uomini seminudi che li guidavano solleticandoli dietro le orecchie con le dita dei piedi. Ayyappam, tirandomi sempre indietro per paura che mi avvicinassi troppo agli animali, non trascurava i suoi precetti e si faceva tutti i segni prescritti sul corpo e mangiava i cibi sacri e salmodiava con gli altri. Forse per ignoranza di riti mi sembrava che tutto fosse abbandonato a una serena improvvisazione e che quella gente sentisse la religione come una gioiosa baraonda, che il rapporto fra umano e divino avesse un profondo legame con l'odore di sterco e di urina cui lì non si sfuggiva. Si dice che l'occidente sia materialista, ma in verità non sa niente di materia, per questo sa così poco di spirito.

Anch'io, naturalmente, da brava europea, me la passavo piuttosto male in quel tempio. Ero preoccupata dei miei piedi protetti solo da due candidi calzini, ora completamente macchiati. Mi soffocavano le esalazioni escrementizie e dovevo reprimere la nausea quando mi raggiungevano le sproporzionate flatulenze degli elefanti. Ma insieme recuperavo un umore leggero e ridevo segretamente di me stessa, del mio sognare un dio pulito e buono, del mio bisogno di solitudine e separazione per poter coltivare lo spirito. Poi pensavo che comunque mi trovavo più a mio agio là in mezzo che tra i riti comprensibili di casa mia.

Credevo di ridere fra me e me, invece evidentemente il riso mi affiorava alle labbra e non era sfuggito a un uomo accovacciato dall'altra parte della stanza. Me ne stavo seduta sotto un ventilatore, messa lì da Ayyappam a riposare e ad ascoltare la musica del tempio in un capannone che somigliava a una stalla. Alcuni musici suonavano tamburi, cembali e un piccolo armonium. Gli attori del kathakali, dietro una tenda, si stavano preparando spalmandosi creme colorate sul volto, truccandosi per ore, indossando le complicate impalcature delle vesti a campana. L'uomo aveva chiesto notizie ad Ayyappam indicandomi senza complimenti. La risposta era ridicolmente lunga, mi venne ancor più da ridere pensando alla fantasiosa spiegazione che Ayyappam stava dando di me e del mio viaggio. Adesso era in difficoltà, lo vedevo agitarsi come un orso che si gratta la schiena contro un albero. Gesticolava molto contrattando con lo sconosciuto ciò che intuivo dovevano essere le presentazioni. Finalmente, col faccione preoccupato, si era deciso ad avvicinarsi.

«Amico vuole parlare con te, amico».

«Amico di chi, tuo?»

«No mio. Tuo amico».

Ci stavamo incartando come al solito.

«Io non lo conosco».

«Amico, amico», insisteva caricando il volto di fiducia incondizionata e indicandomi platealmente il tipo come se fosse stato sufficiente guardarlo per non nutrire alcun dubbio sulla bontà di tutta l'operazione. Quello, dall'altra parte, ci fissava con occhi intensi, cercava di influenzarmi positivamente accennando piccoli inchini con la testa.

«Voglio starmene qui sola». Resistevo penosamente, ma il tono, che Ayyappam coglieva meglio delle parole, era rassegnato al peggio: una faticosa conversazione su cosa facevo lì e perché, se mi piacevano i bambini, se avevo marito e figli e per quale motivo non erano con me. La pausa di riflessione sulle possibilità di fuga che mi restavano venne interpretata come assenso. In un batter d'occhio, Ayyappam era andato dall'amico e tornava verso di me con lui lasciandoci subito per riguadagnare la sua posizione di osservatore discreto.

Le presentazioni furono cerimoniose, l'inizio del discorso impacciato. Avevo un libro in mano e mi chiese di che cosa parlava.

«Degli asiatici», ho spiegato e ho cercato di tradurgli alla meglio un brano: "Avrei voluto che almeno l'India e la Cina trovassero il modo di realizzarsi di nuovo, di diventare in altro modo popoli grandi, società armoniose, civiltà rigenerate, senza passare attraverso l'occidentalismo. Era proprio impossibile?"

«Questo scriveva Henri Michaux negli anni Trenta», dissi. «E io oggi lo chiedo a lei. Era proprio impossibile?»

«Sì», rispose abbassando più volte lentamente le palpebre. «L'occidente è un'attrazione irresistibile. Ma siamo indiani e resteremo tali».

«Crede?»

«Qui i cambiamenti sono lentissimi. Un giorno di Brahma equivale a 4.320.000.000 anni umani, lo sa?»

«È un numero che non riesco a quantificare».

«Appunto, non ce ne preoccupiamo». Ero un po' spiazzata dalla sua ironia: un modo di tenermi fuori dall'indianità o vera noncuranza per i dogmi della fede? Eppure era lì, a quella cerimonia con gli elefanti, sentita profondamente in tutto il circondario.

«Triste, felice?» mi chiese di punto in bianco.

«Né triste, né felice. L'umore che preferisco».

«Questo è molto indiano», l'inchino e la risata d'accompagnamento avevano la leggerezza delle buone maniere che mettono a proprio agio. Fu con questa leggerezza che scivolammo in un discorso impegnativo, proprio là nella puzza di stalla, fra suoni di cembali, mentre fuori gli elefanti continuavano a camminare in circolo e i bambini correvano con lunghe foglie di banano nelle mani per frustarli affettuosamente. «Molta gente, soprattutto da voi, pretende di avere il diritto di essere felice», diceva quel principe povero. «È il più grosso degli inganni la felicità. Rende l'umanità peggiore».

Avevo anch'io qualche sospetto in questo senso. E perché mai la felicità individuale dovrebbe essere un valore se non può essere un valore assoluto?

«Vede quei bambini, e quella donna che ci sorridono?» mi stava chiedendo. «Sono mia moglie e i miei figli. Vorrei presentarglieli». Bastò un cenno della mano ed erano già tutti intorno a noi, come se non aspettassero altro. Inchini, parole gentili. Si accovacciarono un po' in disparte, silenziosi.

«Ecco la forma terrena della mia felicità», stava dicendo il mio improvvisato compagno sempre con l'aria di non prendersi sul serio.

«La forma della mia, invece, è il viaggio», dissi timidamente, temendo di offenderlo.

«Certo, non lo metto in dubbio. Ma scommetto che è una forma cangiante, non è vero? In un altro momento direbbe: la mia felicità è quest'uomo, questo oggetto, questa situazione. Non è così?»

«È così. Non c'è niente di garantito, le pare?»

Alzò un dito da predicatore e avvicinò la bocca al mio orecchio, mantenendo però una distanza che non dispiacesse né a me né a sua moglie.

«Io una garanzia l'ho trovata: il bene. Fare il bene è

l'unica garanzia di felicità. Così è tutto chiaro: la felicità non è un diritto, è un dovere! Dunque se adesso le chiedo di nuovo: è triste, è felice? cosa risponderà?»

«Sono molto felice».

Continuavo a starmene sotto al ventilatore a occhi chiusi pensando: "Ha senso soltanto il bene". Mi ripetevo questa frase in testa come un mantra, una formula magica. Il principe travestito da povero si era congedato con la numerosa famiglia. Avrei voluto raccontargli di una filosofa occidentale che la pensava come lui, ma non c'era stato tempo. Per Simone Weil, infatti, "importa solo il Bene". A che scopo, per meritare il paradiso? No. "Per niente. Importa in sé". E questo mi è sempre sembrato il pensiero più alto che un essere umano possa concepire. Così alto e disinteressato e innaturale che deve contenere per forza qualcosa di divino. Come quell'altra assurdità (dal punto di vista umano): "Ama il tuo nemico come te stesso".

Nello stanzone c'era parecchia gente, soprattutto giovani, riuniti in gruppetti, seduti a gambe incrociate, ma era così ampio che restava comunque molto spazio vuoto. Unica presenza estranea, calamitavo inevitabilmente la generale curiosità. Era una curiosità infantile e sorridente, ospitale e comunicativa. Soprattutto dopo l'esempio dell'"amico" di Ayyappam mi venivano rivolte con grande naturalezza domande su di me e sul mio paese, sul mio nome. I bambini si avvicinavano a salutarmi, a darmi la mano, a offrirmi una ghirlanda. Io facevo lo stesso con loro. Non mi sentivo più una straniera, ma un'invitata.

Ayyappam se ne stava a gambe incrociate così rilassato da sembrare informe. La sua allegria interiore gli affiorava alla superficie dei pori, dello sguardo, del sorriso.

Sguardo senza imposizione, sorriso senza apprensione.

Ayyappam, Ayyappam.

Un cane senza padrone è un'immagine di povertà assoluta. Una persona che possiede soltanto gli stracci che ha addosso non dà lo stesso senso di abbandono e di sciagura totale. Perché in realtà possiede molto più di quegli stracci, possiede comunque la possibilità di un rapporto con l'infinito, un rapporto segreto, e noi dal di fuori non ne sappiamo niente se non che è possibile.

«Hai fame?» chiedevo a Hriday, sullo spiazzo centrale di Khajuraho, davanti all'ingresso del parco dei templi. Non mi decidevo a entrare. Era ora di pranzo, i numerosi ristoranti tutt'intorno completamente vuoti e cadenti. Hriday era di una magrezza spaventosa e mi aveva portato sul suo risciò sgangherato pedalando faticosamente. In salita smontava e mi trascinava a mano. Avevo voluto scendere anch'io e ne era nata una buffa gara di gentilezza in mezzo alla strada, lui insisteva che risalissi dicendo "no problem, no problem", io dicevo "no problem" a mia volta. Rischiavo di offenderlo, e sono risalita col cuore a pezzi e la coscienza in subbuglio, sballottata più che mai in un rumore di ferraglia sul punto di decomporsi. La cappottina senza capote, ridotta a pura armatura arrugginita, come un disossato gigantesco ventaglio richiuso alle mie spalle, m'intonava intorno una funebre litania di assicelle allo spasimo. Badavo a star

seduta perfettamente al centro per non sbilanciare il tra-
biccolo e ritrovarmi in terra. Un percorso di tre o quattro chilometri sotto il sole pesante. Interminabile. Guardavo la schiena di Hriday, non sapevo guardare altro. I
capelli nerissimi, lucidi di qualche poltiglia, la camicia a
quadrettini bianchi e rossi, consunta intorno al collo, i
pantaloni occidentali, marroni. Pedalava in piedi quasi
tutto il tempo e da un buco dei pantaloni dietro la coscia
destra vedevo le sue allegre mutande a calzoncino, gialle
a piccoli fiori blu. Quando gli avevo chiesto quanti figli
avesse, aveva staccato la mano dal manubrio per com-
porre il numero cinque.

Superavamo vacche bionde dalla coda ondeggiante,
vecchi dagli alti bastoni e col turbante, donne con pesi
in testa. I ragazzi con i bidoncini del latte su svelte biciclette superavano noi. Anche un imprevisto dromedario
ci ha superati a un certo punto, passandoci a fianco lan-
guido e ondulato, stranamente somigliante, di profilo,
all'uomo che lo cavalcava. Ayyappam ne avrebbe subito
approfittato per dire: «Dromedario, dromedario». Hriday invece aveva appena il fiato per pedalare e non pro-
nunciava una parola, nemmeno in discesa.

Se avesse accettato il mio invito a pranzo, mi sarei
fatta forza e avrei mangiato con lui in uno di quei ristoranti inospitali. Avrei mangiato con le mani riso bianco
su foglie di banano, bevuto il tè nei bicchieri di metallo.
Invece non voleva saperne. Mi ha chiesto a che ora doveva passare a riprendermi. Abbiamo fissato un appuntamento. Così sono rimasta sola e digiuna nel piazzale di
Khajuraho con la prospettiva di un intero pomeriggio e
un'intera serata di vuoto. Subito un bambino è venuto a
mettermi una collanina di fiori freschi intorno al collo.

Un regalo, ha detto, ben sapendo che gliene avrei comprata almeno un'altra. Ne ho comprate due, per l'attrazione del numero tre e per vederlo più contento. Mi ha preso per mano e trascinata nel recinto dei templi, indovinando il mio disorientamento e decidendo lui per me. Con una piccola spinta mi ha avviato lungo il sentiero principale, e sorridendo e dondolando la testa incoraggiante ha fatto "ciao" sventolando il braccio.

"Tutto sembra, dunque, essere morto a Khajuraho", ha scritto Moravia. Effettivamente camminavo completamente sola nel grande giardino, passando da un tempio all'altro, ammirando i famosi altorilievi erotici con una certa sazia freddezza. Eppure una di quelle nenie misteriose che in India sembrano cantate dagli alberi mi raggiungeva a tratti, come portata dal vento. Avevo tentato senza convinzione di rintracciarne la fonte, rassegnandomi quasi subito. L'importante è avere orecchi per ascoltare. Come in un cerchio magico, il recinto dei templi teneva fuori i questuanti e i perdigiorno, all'interno penetrava solo qualche sporadico pellegrino concentrato in preghiera; quando li incrociavo avevo l'impressione di incontrare uno spettro. E uno spettro, gigantesco e ammaliante mi sembrò anche Nandi, quando mi è apparso fra le colonne del suo tempietto circolare, messo a guardia di un tempio più grande che custodiva un linga di Shiva, vale a dire la rappresentazione marmorea della potenza riproduttiva divina, qualcosa di molto simile a uno stilizzato organo sessuale gigante. Nandi è il toro sacro a Shiva, la sua cavalcatura preferita, anche la sua incarnazione animale. È un toro simile a una mucca, per l'espressione estremamente mite del muso e delle sue posture. Da quel fatale incontro nel tempio di Khajuraho, Nandi è entrato nell'Olimpo delle mie divinità protettrici e credo di aver capito con quale spirito l'umanità ha potuto venerare animali-totem. Tutto è simbolo e rappresentazione di qualcosa che non ha una vera forma. L'inesprimibile usa veicoli di ogni genere per manifestarsi. E conviene essere disponibili alle sue apparizioni improvvise, conviene imparare il suo linguaggio e guardare il mondo come un testo infinito che a ogni passo insegna qualcosa e non permette di proseguire, se prima non si è afferrato ciò che di volta in volta è stato offerto alla nostra limitata comprensione.

Così, insomma, in quel parco di Khajuraho, io a un certo punto ho scoperto il mio posto, un luogo di beatitudine, di calma, di riposo e di saggezza. Più che un tempio suggeriva l'idea di una pagoda. Gradini e poi una balaustra di marmo e poi una serie di corte colonne a sorreggere il tetto scolpito che celava al suo interno una cupola. Sotto la cupola, a occupare quasi tutto lo spazio, in un gioco di luci e di ombre, stava accucciato su un piedistallo a tre gradoni Nandi. Mai statua ha incarnato l'immagine della quiete meglio di questa. Fuori c'era il sole e faceva caldo. Nel tempio di Nandi l'aria era di quella temperatura perfetta che in estate si va a cercare all'ombra. E l'ombra lì era densa per via del tetto basso, ma anche rischiarata dai grandi riquadri di luce ritagliati dalle colonne. Lo spazio fra il toro e le colonne formava un corridoio circolare, non si poteva passare che in fila per uno. Ma io comunque ero sola. E dopo aver fatto più volte il giro intorno al mio totem, averne accarezzato la pietra liscia, che ha già sopportato nove secoli di carezze, e osservato da vicino i disegni sulle bardature di

marmo, mi sono seduta sulla panca di pietra che corre-
va tutt'intorno.

La massa pesante di Nandi aveva dalla mia prospettiva qualcosa di aereo. Lo guardavo in controluce, appariva scuro, quasi nero ma aureolato di chiarore. La testa
era prodigiosa, buffa e sublime insieme. Le narici, due
enormi buchi su un nasone da cartone animato e sul
taglio lungo e buono della bocca, davano al muso una
simpatia da giocattolo. Ma poi c'erano gli occhi, due
laghi di vuota pace dalle pupille religiosamente volte verso l'alto. In quegli occhi spirituali stava l'anima del mio
totem e la sua sagoma accovacciata e carezzevole acqui-
stava grazie a essi una solennità quasi inaccessibile. Nandi era davvero un dio in uno spazio sacro e la posizione
abbandonata non doveva trarre in inganno. Pensai alle
rappresentazioni dei tori di Spagna e a quelle sagome
pubblicitarie che ogni tanto sorprendono il viaggiatore
dall'alto d'un colle. Sono tori fieri, sempre ben saldi sulle
quattro zampe, bellicosi, con corna torreggianti. La regalità di Nandi non sta nelle corna, che sono anzi appena
abbozzate, viene direttamente dal cielo e lo pervade di
pazienza confortante.

Dunque lì con Nandi sono rimasta tutto il resto del
giorno perdendo totalmente il senso del tempo. Ecco
qualcosa che in Europa non mi sarebbe mai accaduto
così a lungo: smarrirmi in un pensiero, o meglio in una
perdita di pensieri. In realtà non pensavo a niente; mettevo in pratica l'affermazione di Krishnamurti: "L'osservatore è l'osservato". Contemplavo la statua a grandezza
naturale, e ogni tanto mi alzavo e andavo a ispezionare
da vicino un particolare: il pennacchio della coda, per
esempio, che scherzosamente, come quella di un gatto,

spuntava da sotto il corpo adagiata su una zampa; o gli esorbitanti coglioni su cui appoggiava, come su un cuscino, il rotondo posteriore.

"Niente come il paragone tra gli amplessi acrobatici dei templi di Khajuraho e la favola biblica delle chiese europee", ha detto Moravia, "può dare meglio l'idea della differenza tra la concezione degli indiani, mistica, naturalistica, realistica, e quella degli europei, etica, simbolica e umana". Noi idealizziamo, gli indiani accettano. Accettano con la stessa necessità i coglioni di Nandi e il suo sguardo rapito. Si incontrano molti altri Nandi nei luoghi sacri indiani. Uno antichissimo si nasconde fra le cento colonne di un tempio di Ellora e infinite mani femminili l'hanno consumato per riceverne la forza riproduttiva. È sempre un toro accovacciato e tranquillo, con gli occhi fissi in dio, un animale forte e buono. La prospettiva delle colonne lo copre o lo rivela a seconda dell'infilata che si percorre. Quando lo si scorge, così accoccolato per terra, come una bestia qualsiasi, viva, capitata per caso, un tuffo al cuore, una sorpresa, arresta il passo. Questa domesticità, questa affabilità del divino, questo spirito in cui s'inciampa, questa terrestre celestialità è il fascino più forte dell'oriente, una dimensione che dà le vertigini e che nessuna sfrenata occidentalizzazione è ancora riuscita a estirpare. "La virtù bizzarra degli dei indiani", per Moravia, "è che essi fanno continuamente delle cose che non stanno né in cielo né in terra, e ne sono continuamente travolti – cose che dal punto di vista dei benpensanti cristiani sarebbero (e sono) estremamente sconvenienti". Non sono dei idealizzati, sono forze della natura e come tali sottoposti alle leggi della natura, ma anche capaci di trascenderla. E perciò provano desideri travolgenti, ma cadono anche in interminabili nirvana. Sono essi stessi il mondo che tutto comprende, sono noi tradotti nella potenza degli elementi. Se pensiamo gli esseri viventi come fenomeni fisiochimici, siamo evidentemente quella potenza chiusa in un corpo che ci costringe in una personalità, in un destino separati, ovvero concretizzazioni temporanee e addolorate dell'indistruttibile energia. *Non cercate di capire, affidatevi*: è il consiglio di tutti i santi.

Hriday mi aspettava fuori dal parco. Gli indiani aspettano sempre, ma per loro l'attesa non implica un'idea di futuro. Si impara ad aspettare quando si diventa indifferenti alla realizzazione di un'attesa nell'unico senso che ci farebbe piacere, quando ci si apre con identica disponibilità a tutte le varianti possibili. *Affidatevi*.

Nel tempio di Matangesvara, il solo ancora "vivo", cioè il solo aperto al culto, alle nove di sera si tiene un rito intorno a un grande linga centrale. Hriday mi ci porta dopo cena e nel fresco serale sembra pedalare con leggerezza, senza sforzo. La notte è profonda, buia. Non una luce, se non i fari delle biciclette o i lumini degli ambulanti, e una luna abbastanza generosa che veglia su tutto dall'alto. La gente arriva alla spicciolata, anche a rito iniziato. Arrivano ragazzi ridenti, arrivano donne gravi avvolte nei sari leggeri, arrivano intere famiglie. E chi arriva suona la campana e s'inchina, e va a sedersi dove capita, sulle scale, intorno al celebrante, intorno ai musicisti che picchiano ritmicamente sui tamburi appesi al collo, o soffiano dentro una lunga tromba squillante che sembra voler ordinare agli angeli con una certa perentoria allegria di scendere sulla terra. È un piccolo tempio spalancato e rotondo, che non fa troppa differenza fra interno ed esterno. Ma anche questo è tipico dell'India, questa indifferenza fra chiuso e aperto, che dà all'idea di casa, di abitare, di privato, un significato del tutto diverso dal nostro. Le case della gente comune sono piccole, spingono a vivere fuori, sono poco più che ripari. E anche i vestiti stanno sul corpo per motivi diversi dalla pudicizia. Tanto è vero che si fa il bucato in pubblico, nei fiumi o nei rigagnoli, togliendosi gli stracci di dosso e aspettando che asciughino al sole. Comportamenti che è semplicistico spiegarsi con la povertà. C'è dell'altro, c'è un'antica armonia.

L'occidentale che arriva in India per la prima volta non se ne accorge subito: è stupefatto, commosso. La condizione umana gli appare intollerabile. Prova l'impulso di fuggire. Marc, ventiquattrenne inglese, incontrato all'aeroporto di Bombay in attesa di imbarcarci per Aurangabad da almeno sei ore, era allibito e assolutamente deciso a non vedere nella miseria e nella sporcizia alcuna armonia.

«Una settimana di Bombay mi ha messo k.o. Ero qui per lavoro, non ho avuto tempo per il turismo; ma quel che ho visto è bastato a togliermi la voglia di saperne di più. Mi hanno consigliato di visitare le grotte di Ellora e di Ajanta. Ti giuro che ci vado solo perché non posso partirmene prima, il mio volo per Dubai è fra tre giorni».

«E che vai a fare a Dubai?»

«A rilassarmi. Ci sono spiagge favolose a Dubai. Qui a Bombay al mare è meglio non accostarsi. Credo che se metti un piede nell'acqua resti stecchito».

«Si può dire che io vengo quasi apposta dall'Italia per vedere Ajanta. Me ne ha parlato un amico, ne ho letto nei libri. Ma, ci credi, più di tutto mi attira il nome. È un nome bellissimo».

«Sì, hai ragione, è un nome bellissimo. Ma non mi fido più di nulla, quaggiù. Non li capisco. Per me gli indiani sono indecifrabili. Come si fa a vivere così, senza ribellarsi? Dovrebbero mettere il mondo a ferro e fuoco».

«Tu hai visto solo Bombay, e anche poco e con le persone sbagliate. Non credo che le grandi città come Delhi, che è la più occidentale forse, o Calcutta, che è senz'altro la più indiana, esauriscano l'idea dell'India».

«Infatti non pretendo di essermi fatto un'idea. Non voglio proprio farmene nessuna. Voglio scappare via, lo ammetto».

«Forse non è l'India che non accetti, è l'incontro fra Terzo mondo e occidente, una miscela esplosiva».

«Non ho mai subito il fascino dell'oriente, se devo essere sincero. Sono di quelli che, pur partecipando a tutte le marce antinucleari e alle manifestazioni in difesa dell'ambiente, va fiero di essere occidentale. Ma in posti come questo ci si vergogna di incarnare il ruolo dei "portatori del progresso". Quale progresso? Nello stesso tempo non vedo l'ora di stendermi sulla sabbia di una spiaggia non infetta, ordinare al bar un bicchiere di latte freddo senza pericolo di prendermi la dissenteria, mordere un frutto con tutta la buccia. Sono schifosamente occidentale, vero? Consumista, conformista. Forse è questo che non mi piace dell'India, perché mi rivela per quello che sono e non vorrei essere».

«Non esagerare. Deve essere la tua ascendenza inglese, il senso di colpa del colonizzatore».

«Qualsiasi cosa sia non vedo l'ora di andarmene».

Ad Ajanta i venditori di pietre ci offrirono i loro gioielli, ametiste, quarzi, smeraldi grezzi nascosti dentro semplici sassi lisci, tondeggianti, che aprendosi mostravano l'interno cavernoso e splendente. I ragazzi con la portantina volevano a tutti i costi farmi salire. Marc impallidì.

«Non preoccuparti. Non ci salirei mai. Anche se per loro, oggi, saremmo l'unico guadagno. Guarda, siamo i soli stranieri».

La via delle grotte era deserta, i pochi pellegrini erano indiani.

«Eppure deve essere un itinerario molto turistico. Cosa è successo?» chiese Marc ai ragazzi dando denaro in cambio di niente.

«La peste», risposero insieme. C'era stata un'epidemia di peste che rimbalzando sui giornali internazionali aveva terrorizzato il mondo. «Il turismo è crollato. Un disastro. Soprattutto nella zona intorno a Bombay e Surat, dove c'è stato il focolaio più grosso».

«Tu non hai paura della peste?» mi ha chiesto Marc.

«E tu?»

«Ho domandato prima io».

«Sono fatalista».

«La verità è che la peste non è il male peggiore quaggiù, non credi? Uno ha l'impressione che può prendersi qualsiasi malattia solo respirando e camminando».

Eravamo di fronte a un gigantesco Shiva dormiente, sdraiato lungo la parete di una grotta. Marc tentava di inquadrarlo nel grandangolo.

«Il panico per la peste che si è diffuso nei paesi civilizzati è stato ridicolo, assolutamente sproporzionato. Avevo deciso di partire, niente mi avrebbe fermata».

Ora Marc stava inquadrando me nella cornice di due colonne.

«Io non sarei mai venuto se non fossi stato obbligato dal mio lavoro. Ma non per la peste».

«Non è come vedere la bellezza per l'ultima volta? La foresta sembra sul punto di ingoiarsi tutto».

«La foresta, la peste. Ti piace proprio tanto questo posto finale?»

«Finale?»

«L'hai detto tu, no? Sembra sul punto di scomparire inghiottito dalla foresta, dalla peste, dalla miseria, dall'occidente... *triste, solitario y final...*

Spiegavo a Marc i miti che vedevamo raffigurati dentro i templi scavati nelle grotte, la dottrina accumulata in anni di letture trovava finalmente un'applicazione pratica. Le nozze di Shiva e di Sati che poi si uccise spezzandogli il cuore, il sonno di Vishnu che ci sogna; gli illustravo la pazienza infinita degli asceti, il rifiuto della politica di Aurobindo, la politica mistica di Gandhi; gli raccontavo l'India in un caleidoscopico sommario di dei e uomini straordinari, al limite del divino. Così lui si riconciliava con il subcontinente e io me lo riorganizzavo in un mosaico ideale. Ma poi, sulla strada fra Aurangabad e Ellora, assistemmo a una scena che ci fece stare male per ore. C'era un cane in mezzo alla strada, il più piccolo dei cani che avessi mai visto. Un cucciolo minuscolo come un neonato o poco più grande, ma formato come un cane adulto. Non capivamo perché se ne stesse accucciato in mezzo alla strada. Ho picchiato sulla spalla dell'autista pregandolo di stare attento, di suonare il clacson e farlo spostare. Ma il cagnetto non si muoveva, intento in una sua occupazione che solo mentre lo superavamo abbiamo capito cosa fosse. Stava mangiando il corpo di un altro cane identico a lui, suo fratello probabilmente, schiacciato da una macchina. Aveva il piccolo muso e le zampe rialzate dal corpicino con le viscere offerte. Sono rimasta di sale per la sorpresa, la ripugnanza. Marc per il nervoso era scoppiato in una risata isterica.

Più tardi in un raro bar che sorgeva come un miraggio nella campagna deserta abbiamo ritrovato la parola.

«Per questo non mi piace l'India. Non sopporto di dovermi continuamente vergognare della mia sazietà». C'era qualcosa di incongruo nella frase di Marc, gigante allampanato del tipo nordico.

«Tu non hai di che vergognarti, sembri piuttosto sottopeso», ho detto. Non mi andava di tornare sul discorso della fame. Ma Marc sembrava ossessionato.

«Pensa a quanta gente da noi si sottopone a sacrifici inauditi per perdere un chilo!»

«Sì, è tutto molto ridicolo».

«Sai che ti dico? Che il destino più naturale degli esseri viventi è la catastrofe, proprio sotto le forme più antiche e spaventose: carestia, siccità, epidemie».

«Ma la civiltà occidentale questi mostri li ha sconfitti».

«Dunque è giusto estendere l'occidente a tutto il pianeta. Perché occidente vuol dire benessere, vuol dire permettere a un numero più vasto di persone di mangiare tutti i giorni e ai cani di non mangiarsi fra loro».

Mi ero un po' persa nei suoi ragionamenti.

«Non sostenevi la catastrofe come il migliore fra i destini possibili?» Bevevo stancamente il tè nel bicchiere di latta cercando di scacciare la visione del cagnetto cannibale.

«Volevo dire che forse le grandi catastrofi epocali non sono peggiori della morte solitaria in un ospizio».

«Sai cosa predicava Gandhi? "Bisogna prendere il cibo

come si prendono le medicine, cioè senza chiedersi se è o non è piacevole al gusto, prendendone solo la quantità necessaria al bisogno del corpo". Sarebbe stato bello se l'India fosse riuscita a sfamarsi con le sue risorse ascetiche, contentandosi del poco necessario per tutti, no?»

«Già, però non è successo», Marc scuoteva la testa bionda, così i capelli lisci, lunghi sul capo e rasati dietro la nuca, perdevano l'aria ordinata da bravo ragazzo al college. «Sarebbe stato un bell'esempio per l'umanità, il segno che un altro modello di sviluppo è possibile».

«Gandhi è stato ucciso, ma anche fosse rimasto vivo, quanti ci credevano fra i suoi contemporanei che potesse davvero realizzarsi il sogno orientale, non marxista, di una società giusta?»

Il cameriere del bar rimasto in disparte a seguire i nostri discorsi decise di intervenire: «Gandhi, grande padre della patria, ma inscrvibile. Meglio Marx». Ha raccolto i bicchieri vuoti e ci ha voltato le spalle dopo un inchino altero e definitivo.

Il Gujarat confina col Pakistan. Gandhi è nato in questa zona torrida e arretrata. Nel villaggio di Sabarmati fondò il suo ashram "Satyagraha", chiamato così in onore del principio per lui più importante, la Verità. Ma non c'è bisogno di andarlo a cercare laggiù, Gandhi viene incontro dappertutto sotto forma di statua, di memoriale, di museo; dovunque è rimasta una traccia del suo passaggio.

Vado ad ascoltare una conferenza.

«Sia pure per un arco breve di tempo Gandhi ha saputo piegare la politica alla legge morale e al bene. Che sulla terra sia esistita una persona capace di tanto rende più luminosa la vita di tutti», dice il conferenziere. «Dunque è possibile. Seguire un'idea della società buona, altruistica, pacifica, è possibile».

A me viene in mente il "soltanto la perfezione è sufficiente" di Simone Weil.

«Se è stato possibile per uno, può esserlo per molti altri», continua il conferenziere. «Come lo stesso Gandhi dice parlando dei commercianti onesti: "È vero che si possono contare sulle dita ma quando se ne trova una specie vivente il tipo non è più immaginario". È forse l'abbandono dell'utopia gandhiana la causa della barbarie in cui siamo immersi».

Quanto si somigliano la Weil e Gandhi, intransigenti, maniacali; due che da se stessi hanno preteso l'impossibile facendolo diventare possibile; stessa titanica volontà di controllare il corpo e gli appetiti. Stessa aspirazione a essere come piante e vivere di luce, di sole, senza distruggere nulla, nessuna forma vivente. Stessa convinzione che gli esseri siano fondamentalmente buoni, capaci di bene. Se l'uomo fosse naturalmente malvagio, perché avrebbe in sé la possibilità di essere un santo? E perché al cospetto dei santi ci si sente migliori, ci si sente bene? Perché li ammiriamo? Dovremmo, se fossimo in linea con le ciniche scelte delle nostre organizzazioni sociali, considerarli pazzi. E invece hanno un potere di fascinazione travolgente, che evidentemente fa leva su qualcosa che è dentro ogni creatura, un'aspirazione al bene, costantemente negata.

«"Chi sostiene che la religione non c'entra con la politica ignora cosa sia la religione"», sta citando adesso il conferenziere leggendo da una qualche opera gandhiana che tiene aperta sul tavolo.

A Madurai, incantata davanti a una bacheca che conserva il dhoti indossato da Gandhi il giorno in cui fu ucciso, mi erano venuti in mente episodi di isterismo popolare al cospetto di qualche divo cinematografico o televisivo. E mi ero chiesta cosa doveva provare la folla al passaggio di "Bapu", com'era chiamato affettuosamente. Una profonda gratitudine. E non perché stava liberando il paese dagli inglesi, ma perché restituiva a gente umiliata la fiducia nella dignità perduta.

«Ogni santo, probabilmente, fa impressione per questo», diceva il conferenziere, «perché è la prova vivente della dignità divina dell'essere umano, e si ha una grande paura di questa verità impegnativa».

Qualcuno deve averlo già detto: le gambe di Gandhi, il "fachiro sedizioso" secondo le sprezzanti parole di Churchill, sono le gambe dell'India (o forse l'hanno detto di Miss Mondo '94 e mi confondo perché era su tutti i quotidiani e l'India si mostrava molto fiera di sé grazie alla miss). Ma insomma queste gambe infantili, fragilissime, sempre in marcia oppure incrociate, che trovo fotografate in un'altra vetrinetta con la scritta: "They tramped India", queste gambe ossute, leggere, che hanno letteralmente *calpestato* l'India intera, sono commoventi come poche immagini al mondo. E com'è nobile e semplice la lettera che Bapu scrisse a Hitler. "Le scrivo perché alcuni amici insistono affinché lo faccia, ma so che non servirà a niente", dice più o meno. E poi gli chiede di fermarsi. Ma il governo quella lettera si rifiutò di spedirla. E Hitler non l'ha mai ricevuta, e non si è fermato. Né l'avrebbe fatto perché un santo glielo chiedeva. Si è fermato perché ha perso la guerra, dice la voce della Realpolitik occidentale. Siamo così sicuri che l'ha persa quella guerra? O il tono rassegnato della lettera, che leggo nel suo vecchio foglio originale attraverso il vetro di protezione, era dovuto alla convinzione che Hitler avrebbe comunque vinto perché l'umanità non ha mai imparato a disfarsi di lui?

Gandhi era un moralista politicamente ingenuo, con un'idea arcaica della società. Questo è il giudizio della storia.

«La cultura della non-violenza, l'*ahimsa*, ha perso», dice sconsolato il conferenziere. «Era del resto una disciplina totale, pur nella consapevolezza che l'esistenza comporta inevitabilmente un certo grado di violenza. Mangiare, bere, muoversi implicano una qualche distruzione della vita. E la non-violenza gandhiana non si risolve nel divieto di fare male a qualsiasi essere vivente. È ben più drastica, radicale. Ricordiamo le parole del nostro Bapu: "Il principio dell'*ahimsa* è rivolto anche a tutti i pensieri cattivi, a ogni fretta ingiustificata, alla bugia, all'odio, al fatto di augurare il male a chiunque. La si viola ugualmente finché si trattiene per se stessi ciò di cui il mondo ha bisogno"».

Qualcuno fra il pubblico si alza e domanda: «Come si fa, senza passare per ingenui, a raccomandare a un politico quest'altro principio gandhiano: "La civiltà, nel vero senso della parola, non consiste nel moltiplicare i bisogni ma nel ridurli volontariamente"?»

«Nella cultura capitalista», risponde il conferenziere, «sostenere che i "ricchi dovrebbero essere gestori delle loro ricchezze da impiegare soprattutto nell'interesse comune" equivale a una bestemmia, una volgarità, un insulto alla pubblica decenza. Forse, se una simile idea cominciasse a circolare con la stessa forza e presenza delle idee che vi si oppongono, qualcuno si abituerebbe al suono, e il suono potrebbe piacergli. Invece sentiamo ripetere sempre le stesse cose, le stesse convinzioni, e non conoscendone altre, siamo portati a credere che sia possibile e giusto solo ciò di cui abbiamo esperienza».

...Anche se è un'esperienza che non dà felicità, che non ha ancora risolto nessuno dei problemi fondamentali della convivenza umana. Così discutevo con me stessa sotto una statua di Gandhi che fioriva al centro di uno stagno pieno di fiori di loto, davanti al museo di Madurai. Le gambe magre marciavano e qualcuno aveva messo intorno al collo del santo tante ghirlande di fiorellini bianchi cosicché la statua nera sembrava aver indossato una sciarpa bianca e, grazie al gioco dei riflessi, sembrava anche muoversi sull'acqua.

Ho chiesto di Gandhi ad Ayyappam. Ha sorriso con tutto il viso facendo il sì indiano con la testa.
«Gandhi, Gandhi».
«Ma ci credi nella non-violenza?»
«Non-violenza, non-violenza. Ci credo, sì, ci credo».
È evidente che Ayyappam crede in qualsiasi cosa, e dunque non fa testo. Per non sbagliarsi, è infaticabile seguace di tutte le fedi di cui ha notizia, di tutti i riti, di tutti gli dei. Diversamente dai suoi connazionali che scelgono di votarsi al culto di Vishnu, o di Shiva, o di Kali, Ayyappam preferisce non fare torto a nessuno; lungo uno dei nostri pellegrinaggi, a un certo punto mi ha indicato una specie di capanna in mezzo a un campo sterrato accanto a un fiume.
«Tempio, tempio. Shiva, Shiva», diceva indicando la capanna.
«Quello sarebbe un tempio?»
«Molto importante. Tempio».
Mi guardava con l'evidente speranza che decidessi di visitarlo, e siamo andati. Mentre attraversavamo lo spiazzo di polvere e di sabbia, mi spiegò confusamente di inondazioni stagionali e conseguenti distruzioni del tempio, che veniva ricostruito ogni volta.
«Perché non edificarlo da un'altra parte, al sicuro dall'acqua?»
Si è messo a ridere con espressione furba, gli occhi chiusi a fessura, la testa inclinata sulla spalla, la bocca distorta in una smorfia, per farmi capire col suo modo tea-

trale che non ci cadeva e smettessi di prenderlo in giro. Era una capanna di foglie di palma, in effetti non doveva volerci molto a tirarla su. Un celebrante cantava qualcosa e preparava un intruglio. Improvvisamente Ayyappam è sparito. Un attimo prima era lì, un attimo dopo non lo vedevo più. Ma non si era allontanato. Si era gettato di colpo per terra, lungo disteso con la faccia nella sabbia, restando così a pregare per cinque minuti. Poi, affannato, si è avvicinato al celebrante. Ha preso il cibo sacro anche per me. Era il solito impasto dolciastro, piuttosto buono, e del riso bianco.

Mentre tornavamo alla macchina, lo vedevo preoccupato.

«Zona sacra, sacra», ha detto facendo con le mani un gesto comprensivo dello spiazzo, del tempio, del fiume, dei pochi alberi e di donne e bambini che si bagnavano lungo gli argini. Finalmente avevo capito. Che follia da occidentale che non sa niente di dei pretendere di costruire il tempio lontano da lì.

Proseguimmo per Kaladi, un'altra idea di Ayyappam. Mi aveva assicurato che saremmo andati a vedere qualcosa di eccezionale.

«Shankara, Shankara. Vedanta, Vedanta».

Sulla guida avevo trovato quattro righe: "Kaladi. Piccolo villaggio al di là del fiume, dove è nato il filosofo shivaita Shankara che diede vita al movimento Advaita-Vedanta. La sua dottrina è ancora molto seguita e ha ispirato parecchi filosofi indiani contemporanei". Il Vedanta mi riportava a Isherwood, che l'aveva incontrato in California, mi piaceva. Ma quando arrivammo, mi sono trovata di fronte a una bruttissima torre rossa, moderna. Ayyappam era visibilmente colpito. All'interno si saliva a spirale in via crucis da un dipinto all'altro, illustrazioni delle tappe essenziali della vita del santo. Le figure sgargianti e i prodigi narrati nelle pitture commuovevano il mio accompagnatore che si prostrava ogni volta lasciando piccolissimi oboli.

«Sei seguace del Vedanta?»

«Shankara grande, Shankara!»

«Più grande di Gandhi?»

«Grande Gandhi. Gandhi!»

Nawaz studiava ingegneria elettronica come tanti giovani indiani che hanno ambizioni e possibilità, l'elettronica e l'informatica sono le vie del futuro. Aveva anche seguito dei corsi in Inghilterra e gli era rimasta la voglia di parlare con gli europei ogni volta che se ne presentava l'occasione.

«Sai perché noi indiani siamo all'avanguardia nel campo dei computer?» mi ha chiesto. «Perché nel nostro dna c'è il sanscrito, la lingua della logica. Non esiste al mondo lingua più razionale».

Si era offerto di accompagnarmi a piedi alla Krishnamurti Foundation, a qualche chilometro dal centro di Madras dove ci eravamo conosciuti, nel negozio di souvenir di suo padre. Mi erano stati srotolati davanti tappeti e coperte colorate, avevo potuto scegliere un braccialetto d'argento fra lucidi monili di epoche e fogge differenti. Mi piaceva il più semplice e il più antico. Costava troppo. Nawaz aveva contrattato con me un buon prezzo, quasi la metà della richiesta iniziale. Poi mi aveva offerto il tè. Aveva i gesti eleganti dell'oriente dei sultani, gli occhi notturni e languidi di un desiderio rispettoso.

«Sei una persona razionale tu?» gli ho chiesto cammin facendo. Ci lasciavamo dietro l'affollato bazar dei negozi, il fiume cloaca, le capanne insane del villaggio dove i poveri avevano scelto di tornare a vivere sdegnando gli appartamenti messi a disposizione dal governo.

«La gente ama la dimensione del villaggio, non riesce a adattarsi in un alveare», mi spiegava.

«Capisco. È successo tante volte anche da noi. Il popolo delle bidonville subaffitta la casa ottenuta dopo anni di attesa per tornare nelle baracche. Non è solo un espediente per guadagnarci, è una necessità vitale». Dopo una pausa in cui avevo cercato di afferrare le foglie affacciate a un lungo muro di cinta che stavamo costeggiando, ho ripreso: «Allora, un ingegnere elettronico deve essere una persona razionale, suppongo».

«Non esattamente, credo». Intanto lo scenario cambiava, Madras si apriva in una sobrietà verdeggiante da quartiere residenziale. «Sono razionale come può esserlo un indiano. Sono devoto».

«Devoto?» studiavo il rametto strappato per capire che pianta fosse.

«Sì, devoto all'universo che comprende anche l'ingegneria elettronica».

«E i poveri e i ricchi, e il male e il bene, e le caste...»
«Proprio così».

«E non hai mai la tentazione di cambiare il sistema?»

«Sì, ma non è in mio potere. Vorrei appartenere a una casta più alta per subire meno umiliazioni. Però vorrei anche essere più spirituale. Non so molto di Krishnamurti, sono devoto a un altro guru. Ma ho una grande venerazione per tutti quanti i santi uomini».

«Hai mai sentito parlare di san Francesco?»

«Sì, come no. Perché me lo chiedi?»

«Perché è una figura simpatica. In genere la santità

per i cristiani è legata all'idea del martirio. Siamo abituati a concepire i santi come persone che soffrono orribilmente votando la vita al sacrificio».

«Noi pensiamo che la perfezione spirituale sia felicità».

«Credo che le persone sinceramente religiose sentano e pensino così, però nella concezione comune la santità appare come qualcosa di eccezionale e vagamente malato, una dimensione della follia in ultima analisi».

«E san Francesco? Non è un'immagine di letizia?»

«Direi che comunque il cantico di "fratello sole e sorella luna" deve fare i conti con le stigmate. Non v'è traccia di stigmate nell'agiografia indiana. I vostri santi sono gli Illuminati, e già questa parola segna la differenza: esseri umani come tutti gli altri con qualcosa in più, una superiore consapevolezza dell'essere. L'ascesi non è cilicio, ma acquisizione di verità. I santi da noi sono spesso rozzi, culturalmente candidi. Gli Illuminati sono filosofi, si liberano della conoscenza dopo averla posseduta, in nome di una conoscenza superiore».

«Ma, come da noi, i vostri santi sono soprattutto esempi di vita, no? Una sorella di mia madre è suora in Vaticano. Mi parla molto di san Francesco nelle sue lettere».

Mi è scappato da ridere. «Scusami, Nawaz, ma o tutti gli indiani hanno una parente suora in Vaticano o capitano magicamente sulla mia strada solo quelli che hanno una sorella, una cugina, una zia suora a Roma!»

«Siamo tanti», ha risposto con dignità.

«Insomma, per farla breve, esempi di vita o no, i nostri santi sono sostanzialmente dei poveri cristi, dei disgraziati: martiri divorati dai leoni, ragazze uccise per scampare a uno stupro, monache anoressiche. La grandezza dei santi ci sfugge e se migliaia di pellegrini corrono a Pietrelcina è per chiedere a Padre Pio di guarire da un cancro, non per illuminarsi di verità, non per cogliere quello che il santo ha colto – il senso della vita –, non per imparare in definitiva a morire, di cancro o d'altro».

«Padre Pio, sì, me ne parla mia zia. Credimi, anche il popolo indiano è molto superstizioso. Ma effettivamente l'Illuminato è prima di tutto un maestro. E infatti qualsiasi fondazione legata al nome o alla personalità di un santo è un istituto di educazione, una scuola, dall'asilo all'università».

«Dove è vissuto un santo noi ci affrettiamo a elevare chiese», ho detto gettando via il rametto. «In oriente si piantano alberi, si curano giardini: l'Illuminato ha saputo meglio degli altri realizzare la comunione con la natura, col tutto. Il suo è uno spirito libero, che ha attraversato i muri di qualsiasi prigione materiale e spirituale».

«Però il simbolo cristiano della croce è molto affascinante, questo vostro dio è talmente generoso! Ma certo è anche molto lugubre».

Intanto eravamo arrivati ed entravamo nel giardino della Krishnamurti Foundation "Vasanta Vihar". Prato all'inglese, alberi secolari, silenzio.

«Krishnamurti è il santo del mio cuore», ho raccontato a Nawaz mentre mi guardavo intorno emozionata. «Non voleva essere un maestro, chiedeva a ognuno di essere maestro a se stesso».

Nawaz mi scrutava divertito.

«Be', ci si arrangia come si può», ho detto improvvisamente confusa.

«Questo è un posto di disciplina interiore e lavoro, dove si studia e si vive in austerità, senza guru e senza leader», illustra una donna splendida dal viso rilassato e sorridente, tipo nippoindiano, sari a colori vivaci, piedi nudi. Anche noi ci togliamo le scarpe. Camminiamo sulle stuoie, non ci sono altri arredi nella grande stanza d'ingresso. Anche le aule sono nude, panche al posto di banchi, alto tetto di legno. Ma tutto è pulito, accogliente. L'imponente edificio centrale è la classica costruzione coloniale, bianca, elegante.

«L'educazione competitiva che si coltiva comunemente nelle scuole è un sistema di frustrazione molto distruttivo», ci indottrina la bella signora che sembra essere lì per questo, per ricevere gli ospiti. Veramente nessuno si occupava di noi all'inizio. Sono stata io a chiedere informazioni e probabilmente le ho ricevute per gentilezza, non per dovere.

«Lo scopo di questa scuola è favorire lo sviluppo di un essere umano completo con un senso estetico disinteressato e profondo. Mentre nelle scuole tradizionali ci si preoccupa di fornire delle nozioni concentrandosi sull'esame, sul risultato finale, senza coltivare nel giovane il fiorire della bontà in una corretta relazione con gli altri».

Sono delusa, in questo programma non riconosco Krishnamurti, ma soltanto principi astratti facilmente condivisibili e che si ritrovano pressoché identici in ogni scuola di qualsiasi ashram.

La signora ci lascia ai bordi del prato inglese. Nawaz non ha più detto una parola. Continua a tacere mentre ci addentriamo nel bosco quieto, fra banyan giganti, palme, manghi, bambù, c'è persino uno stagno con le ninfee.

«Non posso credere che questo paradiso sorga a pochi

chilometri dal caos cittadino», dico, «perché tutti i mendicanti di Madras non si riversano qui?»

Nawaz ride.

«Sono strani gli esseri umani», riflette in tono neutro, «non barattano volentieri la libertà della miseria con un piatto caldo e vestiti puliti se insieme devono prendere anche disciplina, istruzione, fatica».

Sediamo al fresco vicino allo stagno. Poiché stiamo tutti e due in silenzio, dopo un po' mi dimentico di lui. Mi lascio penetrare dai rumori calmi della natura, dai tenui raggi di sole che filtrano e si spostano col muoversi delle foglie e poco dopo non so più se suoni e luce penetrano me o sono io che invado lo spazio circostante. "Egli aveva sempre avuto questa strana mancanza di distanza tra sé e gli alberi, i fiumi e le montagne", diceva di se stesso Krishnamurti parlando curiosamente in terza persona. "Quando non c'è il tempo, non c'è neanche la morte. Resta solamente l'amore", penso citando dentro di me una frase del suo diario. E in quel momento Nawaz mi fa una proposta che mi appare assurda, ma forse è in armoniosa sintonia.

Gli dico: «Potrei essere tua madre», ed è vero, ho esattamente gli anni di sua madre. Lui non si scompone, non mi ricorda che le indiane si sposano ancora bambine, non dice qualcosa di gentile su quanto poco dimostro l'età che ho.

«Old is gold», esclama serissimo.

Nella mia lingua il concetto viene espresso con parole meno eleganti: "Gallina vecchia fa buon brodo". Mi viene da ridere ma mi trattengo. Fortunatamente a sollevarmi dall'imbarazzo sopraggiunge la bella signora dagli occhi giapponesi.

«La trovo finalmente! Venga, venga. È appena arrivato un signore che ha conosciuto personalmente Krishnamurti, europeo come lei, credo sia tedesco. Ma è veramente fortunata, lo sa? Penso che le farà piacere incontrarlo e parlare con lui».

"Che straordinaria coincidenza!" continua a dire fra sé mentre la seguo di nuovo dentro la costruzione centrale della Fondazione voltandomi appena a salutare Nawaz che se ne va per la sua strada.

«Quando saliva su un podio, non importa quanto sterminato fosse il pubblico, il suo silenzio si spandeva su tutti e tutto e non si sentiva volare una mosca. Niente mi ha colpito in vita mia quanto i suoi discorsi. Bastava guardarlo per capire che si era al cospetto di una personalità eccezionale, un essere umano meraviglioso, una presenza commovente. Bastava averlo incontrato una volta per vergognarsi della miseria della propria esistenza e desiderare un cambiamento».

Non osavo chiedere all'uomo robusto che mi sedeva accovacciato di fronte sulla stuoia, vestito di comode braghe indiane e di una larga camicia bianca, se fosse davvero riuscito a cambiare la sua vita e quanto. Mi bastava però leggere il suo sguardo azzurro dietro le lenti da miope per sentirmi tranquilla, come sotto l'ala di un angelo protettore.

«Diceva: non dovete permettere a nessuno di avere potere su di voi, e voi non dovete averne su nessuno; fate la cosa giusta e le cose giuste vi accadranno. Ho sempre cercato di attenermi a questi due principi. Ma riconosco che è tanto più difficile seguirli, quanto più semplici appaiono».

Improvvisamente i suoi occhi trasparenti tremarono di lacrime, ma non sembrava averne alcuna vergogna. Fece una lunga pausa per ritrovare fermezza nella voce.

«L'ultima volta che ho visto Krishnaji, in Svizzera, nevicava. Era l'85, un anno prima della sua morte, di cui previde il giorno e il luogo, al di là dell'oceano, in California. Disse: non ho mai chiesto niente, né al mondo, né agli dei. Così non mi aspetto niente dalla morte, come non mi sono mai aspettato niente dalla vita».

«Era questo il suo segreto, vero?» ho domandato conoscendo già la risposta.

«Forse è il segreto di tutti gli spiriti superiori», ha detto il signore tedesco. Ci siamo salutati con una robusta stretta di mano.

E prima di lasciarci ha aggiunto una piccola notizia immaginando che mi avrebbe fatto piacere.

«Fra i pochi libri che teneva sul comodino negli ultimi giorni, ce n'era uno in italiano, i *Racconti* di Italo Calvino.

Assomiglia vagamente a Gandhi il signore vestito di bianco che mi accoglie alla Società Teosofica, confinante con la Krishnamurti Foundation, appena due chilometri di distanza. Un altro parco, altre affascinanti costruzioni coloniali e il banyan più grande del mondo, quello strano albero con le radici che crescono dai rami e tornano a conficcarsi nel terreno. Cerco invano il corpo centrale dell'albero tra i filamenti spessi delle radici; il signor Sheshadri mi spiega che quel centro non esiste più, esistono ormai solo le alte radici. L'albero è dunque un tempio senza tetto, una serie fitta, vagamente circolare, di colonne naturali, tronchi sottili e tronchi spessi legati tra loro in un intrecciarsi di archi. È magnifico, l'albero più strano del pianeta, uscito da un libro di favole dalle pagine intagliate che aprendosi rivelano castelli e foreste in rilievo.

«La Società Teosofica fu fondata da Madame Blavatsky nel 1875. Ha mai sentito parlare di Madame Blavatsky?»

La straordinaria signora russa, spiritista, viaggiatrice, veggente, come no. La sua immagine inquietante, dai larghi occhi celesti ci guarda nell'ufficio tranquillo del signor Sheshadri dove un grande ventilatore ci rinfresca in un gorgogliante svolazzare di carte. Anni di grande concentrazione spirituale i suoi, a cavallo fra due secoli tanto diversi, ma il Novecento delle rivoluzioni e delle camere a gas, del capitalismo avanzato e delle guerre atomiche si è fatto beffe di quei poveri spiritualisti sicuri di cambiare l'umanità con predicazioni e giochi di prestigio, apparizioni di fantasmi e conversazioni con i morti a colpi di tavolino.

È un bell'uomo Sheshadri, portamento nobile come spesso gli indiani, capelli bianchi cortissimi, bocca grande ben disegnata, mani sensibili dalle dita molto lunghe, polsi delicati, carnagione compatta cioccolato chiaro. Mi riempie di dépliant tipo "Dieci buone ragioni per studiare Teosofia", "Che cos'è la Teosofia", "La Società Teosofica nel mondo". Mi colpisce un foglietto ripiegato color arancio su cui leggo: "Non c'è religione più alta della Verità", il principio gandhiano. Seguendo il mio sguardo Sheshadri sorprendentemente commenta:

«I nostri studi cercano le radici comuni di tutte le religioni e di tutti i pensieri filosofici e scientifici. Il pensiero di Gandhi non ci è davvero estraneo».

Il fine, mi spiega, è promuovere la fratellanza fra gli uomini senza distinzioni di razza, fede, sesso, casta, convinzione politica. Penso, senza interromperlo, alle guerre e agli orrori che nessuno riesce a fermare. Penso che i teosofi e tutte le persone di buona volontà del mondo restano un numero limitato e che non ce la fanno a raggiungere i loro scopi umanitari.

Sheshadri mi guarda come se stesse leggendomi nel pensiero. Ha i gomiti sulla scrivania, sbatte delicatamente le dita delle mani giunte le une contro le altre. La sua voce si fa improvvisamente più bassa, colloquiale, si china in avanti: «È necessaria una pazienza infinita. Ma non bisogna cessare di credere nella salvezza dell'umanità. Esiste un piano divino che prevede l'evoluzione spirituale degli esseri. Bisogna impegnarsi per aiutare quel piano a compiersi».

«Al di fuori di una convinzione del genere», dico io, «è effettivamente difficile sostenere le ragioni del bene contro quelle del male».

«La vita virtuosa sviluppa poteri soprannaturali. Questa è una prova della natura divina dell'uomo», dice Sheshadri, e si riappoggia moderatamente soddisfatto allo schienale.

Il presidente della Società è una signora dai lisci capelli bianchi tirati a crocchia dietro la nuca, esile ed elegante in un sari bianco bordato di strisce colorate, due leggeri cerchi d'oro intorno al braccio magro, due piccole perle ai lobi. Un sorriso onesto e consapevole sul bel viso pulito di bella vecchia che ha impiegato bene la sua vita. Si chiama Radha Burnier, mi piacerebbe conoscere la sua storia. Ma non ha intenzione di parlare di sé, per questo ci vorrebbe molto più tempo, più amicizia. E perciò, inevitabilmente, mi parla del destino dell'umanità.

«La ricerca della verità», dice mentre sediamo davanti a cibi rigidamente vegetariani, «è una delle due possibilità che si offrono alla natura umana. L'altra è il rifugiarsi nell'illusione. E l'illusione prende diverse forme. Una è la materia. Uomini e donne nascono e muoiono senza sapere perché sono nati, dove sono diretti o quale sia lo scopo del loro piccolo interludio in un mondo che è solo una gocciolina nell'oceano dell'universo. E non se lo chiedono, la vita materiale è l'unica realtà per loro.

Un'altra forma di illusione è la religione. Spesso la religione non è altro che il frutto delle paure e delle speranze degli uomini. È vero ciò che sosteneva Voltaire: dio è creato a immagine e somiglianza dell'uomo. Terza illusione: l'ideologia. Ognuno crede che il suo sistema filosofico o politico, la sua scuola di pensiero, sia superiore a quella degli antagonisti. E, appunto, divide il mondo in amici e nemici, crea odio e fanatismi».

«Condividere queste analisi è quasi scontato, in teoria sono giuste, ma non tengono conto dell'organizzazione sociale, della necessità di far fronte ai problemi quotidiani di una comunità vasta come quella degli Stati. Se l'essere umano fosse solo sulla terra...»

La signora Burnier ha uno sguardo perfettamente sereno dietro le lenti spesse che le dilatano gli occhi antichi.

«Ma l'uomo è solo! "Ognuno è solo sul cuore della terra...", non è così? Ognuno è destinato a cercare e trovare la verità da solo. È un viaggio misterioso quello della vita, è il volo di una solitudine verso la Grande Solitudine. E per accelerare la nostra ricerca bisogna rendersi liberi nel pensiero. La mente pura è una mente libera, è una mente saggia, completamente indipendente».

È un errore dunque cercare di risolvere i problemi materiali più urgenti di una società attraverso la politica? La signora calpesta l'erba con i suoi sandali leggeri facendo ondeggiare il sari in un movimento danzante, giovanile. Ride dolcemente prendendomi sottobraccio fino al cancello che è spalancato.

«La politica, già! No, non è un errore. Ma in politica bisogna accontentarsi del principio del meno peggio. È necessario adempiere ai propri doveri di cittadini e scegliere il male minore. È un errore chiedere alla politica di essere qualcosa di più, mi creda. Per il resto, ricordi sempre le parole di Krishnamurti: "Bisogna essere la luce di se stessi". Jiddu Krishnamurti, forse lo sa, da giovane era stato adottato da Annie Besant, che fu il secondo presidente della Società Teosofica, fino al 1933. I teosofi riconobbero in lui l'atteso "maestro" solo per sentirsi dire che non dovevano avere nessun maestro. Era questo l'insegnamento tanto aspettato».

Al cancello ci siamo salutate con una stretta di mano. Pensavo che non l'avrei vista mai più. Invece l'ho incontrata un anno dopo in un libro fotografico dedicato a Krishnamurti. Appariva molto più giovane, sorrideva accanto a lui. Dunque l'aveva conosciuto, era stata fra i pochi della sua cerchia. Ma non me l'aveva detto. Si tengono sempre per sé dei segreti, apparentemente insignificanti, che potrebbero essere la chiave di volta del rapporto con gli altri.

Un giorno Ayyappam ha deciso che era il momento di andare a Guruvayur, il suo tempio preferito, rigidamente induista. Temevo queste sue iniziative e ho tentato di oppormi.

«Non mi faranno entrare, è inutile».

Ma lui scuoteva il testone buono e si portava una mano al petto per dire: fidati.

«Ci penso io. Guruvayur. No, questi vestiti. Ci penso io».

I miei vestiti europei non andavano.

«Non possiedo sari».

«Ci penso io. Guruvayur».

Così la mattina dopo ho trovato in macchina due dhoti puliti, stirati, perfettamente piegati, uno grigio e uno bianco. Mi sono messa a ridere.

«Ma chi vuoi che ci caschi? Dovrei mettermi questi dhoti per passare da induista? Se ne accorgeranno che sono straniera! Mai vista una donna indiana col dhoti.

«Dhoti, dhoti».

Anche Ayyappam rideva della gran burla che stava preparando ai guardiani del tempio e faceva sì con la testa dondolandola più che mai.

«Va bene. Allora torno in camera a cambiarmi?»

«No, tardi, tardi. Andiamo, andiamo. Dopo, dopo».

E così siamo partiti. Altro interminabile sballotta-
mento passando, per giunta, per un allevamento di elefanti che Ayyappam ha preteso visitassi.

«Elefanti del tempio», ha detto perentorio. Non si poteva evitarli. Se ne stavano a mangiare foglie di palma
scuotendo le orecchie con una catenella legata alla zampa. Il più piccolo, di due mesi, era già un gigante. Gli
uomini li cavalcavano a piedi nudi, guidandoli con una
canna di bambù e con segnali delle dita dietro le orecchie. Questa era ancora l'India di Kipling, l'India di
Kim. Ho sorriso ad Ayyappam e ho desiderato farlo contento.

«Belli, gli elefanti», ho detto.

«Elefanti, elefanti».

«Assomigliano alle palme e infatti se le mangiano».

«Palme?»

«Be', voglio dire... guarda le zampe degli elefanti e
guarda il tronco degli alberi di palma: non sono identici? Lo stesso colore, la stessa pelle o corteccia screpolata.
E le foglie che ondeggiano nel vento come le orecchie
degli elefanti e la proboscide!»

Certe mie idee, come questa, lo impensierivano. Per
pochi momenti cancellavano la sua allegria; lo vedevo
guardarsi i piedi corrucciato.

«Palme no proboscide», è stata la meditata conclu-
sione.

E finalmente eravamo a Guruvayur. La mia era la
condizione di un intoccabile. Mi ero ricordata che
proprio quel tempio era stato al centro dell'interesse di
Gandhi perché fosse aperto ai reietti harijian, i paria
"figli di Dio". Come un harijan dei tempi di Gandhi io

non potevo entrare, ero impura. E non sarei entrata, ne ero certa.

Ayyappam ha parcheggiato in uno spiazzo fra certe case simili alle nostre case popolari. Ragazzi senza niente da fare ci guardavano. Portavo pantaloni di tela a righe rosse e blu. Ho avvolto intorno il dhoti chiaro, ma il colore sgargiante dei pantaloni filtrava attraverso il cotone del pareo. Ayyappam mi ha squadrata insoddisfatto. «Via pantaloni, via», ha detto spingendomi dentro la macchina. Così, sul sedile posteriore, in un caldo appiccicoso, cercavo di sgusciare fuori dai pantaloni sotto lo sguardo stupito del gruppo di perdigiorno. Intanto Ayyappam si cambiava sul sedile anteriore. Quando ci ritrovammo fuori dall'auto, lui aveva subito una trasformazione. Era diventato veramente indù. Portava solo un lungo dhoti nero, stretto intorno ai fianchi cicciottelli. Il torace e i piedi nudi. Anch'io dovevo essermi trasformata. Mi ha guardata contento. Poi ha preso il secondo dhoti e me lo ha drappeggiato sulla testa e intorno alle spalle.

«Mi sento ridicola. Lasciamo stare». Ma lui non capiva il significato di "ridicola" e non mi dava retta.

«Andiamo, andiamo».

E così ci siamo incamminati; anch'io senza scarpe, ma con i miei calzini bianchi che denunciavano da soli la straniera preoccupata di contagi. Quando mai avevo visto un induista in calzini? Ma Ayyappam era sicuro del fatto suo e procedeva a testa alta davanti a me che gli saltellavo dietro impedita dal dhoti come una giapponese in kimono. Mi pareva che ci guardassero tutti scandalizzati dall'imbroglio. Arrivati al tempio, bruttissima costruzione moderna di quelle che piacevano tanto ad Ayyappam, io mi guardavo i piedi cercando di sparire dentro il manto. Ma i guardiani ci fermarono e cominciarono a questionare con Ayyappam. Io tacevo come avessi perso la parola. Fingevo di non capire le domande in inglese che mi faceva il guardiano.

«Induista?» mi ha chiesto a un certo punto. Non potevo più evitare di alzare lo sguardo. Ho fatto cenno di sì, abbassando subito la testa.

«Documenti, documenti», diceva il guardiano con aria fintamente severa. In realtà gli veniva da ridere e di entrare non se ne parlava. Veniva da ridere in modo irresistibile anche a me. Solo Ayyappam prendeva ancora sul serio la situazione e non voleva cedere, mentre intorno a noi si radunava una piccola folla di curiosi. Io pensavo che non me ne importava nulla di varcare quella soglia, non me n'era mai importato. Ero potuta entrare in tanti templi a seguire riti incomprensibili. Una guida sikh, a Delhi, mi aveva portato nel suo tempio dove si adorava un libro sacro e mi aveva costretto a strane abluzioni. A Madurai ero stata scortata a un tempio montano dove si adorava il cobra. E sempre a Madurai, nel grande tempio cittadino, in compagnia di un latin lover locale e di un hippy francese stralunato, avevo assistito a matrimoni e funerali, sacrifici e offerte.

«Le pratiche esteriori di qualsiasi religione hanno aspetti tribali, sono buone per i superstiziosi e gli etnologi», andavo dicendo ad Ayyappam tanto per darmi un contegno mentre tornavamo alla macchina seguiti da sguardi perplessi e incuriositi. Ayya mi osservava con l'aria preoccupata che prendeva sempre quando non capiva le mie parole e il mio umore.

«Sono un segno della stupidità dell'essere umano».

100

«Stupido, stupido», conveniva, felice di aver rintracciato un bandolo.

Quanto avevo trovato stupido e offensivo un cartello appeso fuori dal tempio sikh: "È vietata l'entrata alle donne durante il periodo mestruale".

«L'umanità si è sempre imposta regole arbitrarie per sfuggire l'impegno delle poche fondamentali che predicano l'amore, la comprensione, la fratellanza», gli dicevo contando le tre leggi sulle dita. «Sai cosa ne pensava Krishnamurti? "L'unico scopo che ha la religione è la totale trasformazione dell'uomo. Tutta la ridicola montatura che la circonda è priva di senso"».

«Krishnamurti, Krishnamurti», ripeteva abbacchiato Ayyappam e davvero non capiva perché continuavo a ridere se ero così arrabbiata.

Ma io ridevo e mi liberavo del manto strada facendo e parlavo a vanvera per l'imbarazzo. Continuai a ridere anche dopo, contorcendomi sul sedile posteriore per rimettermi i vestiti. Alla fine, contagiato, si è messo a ridere pure lui, ma sembrava soprattutto convinto che fossi completamente pazza come tutti gli occidentali.

Arrivo a Pondicherry il 24 novembre e per caso, senza cercarla perché non ne sapevo niente, mi trovo davanti alla casa di Aurobindo. È un giorno di festa, ci sono molti visitatori in preghiera intorno al samadhi, la tomba, una specie di altare nel mezzo del cortile. È il giorno della Realizzazione, dunque sono aperte ai visitatori alcune stanze generalmente chiuse. Il 24 novembre del 1926 Sri Aurobindo ebbe una particolarissima esperienza spirituale in seguito alla quale si ritirò dal mondo per dedicarsi esclusivamente alla pratica del suo yoga. La guida dei discepoli che gli si erano raccolti intorno passò allora a Mère, che fondò l'ashram tuttora attivissimo e in seguito, nel '68, la città-utopia di Auroville, a dieci chilometri da Pondicherry. "Se Dio esiste, allora deve esserci un modo di sperimentare la sua esistenza, di realizzare la sua presenza; per quanto difficile la via, ho preso la ferma decisione di seguirla". Meditando su questa affermazione, scritta alla moglie spiegandole perché la lasciava, ho pensato che forse nel giorno della Realizzazione Aurobindo aveva visto dio, aveva avuto la prova della sua esistenza, o aveva rinunciato per sempre a cercarla convincendosi che la realizzazione stava nella radicalità stessa della sua vita.

David corre dietro a un suo stranissimo cane, mezzo bassotto e mezzo qualcos'altro, che scappa assalito dai più pugnaci bastardi senza padrone. È il primo aurovilliano in cui mi imbatto. Sembra diretto alla spiaggia: in ciabatte di gomma, bermuda, camicia larga, berretto con la visiera. Sta invece andando a piantare alberi, che è l'attività più diffusa ad Auroville.

«Sono capitato qui diciassette anni fa», dice rispondendo alla mia domanda, quando grazie alla sua cagnetta innamoratasi di me al primo sguardo abbiamo fatto conoscenza. «Volevo vedere qualcosa di diverso».

«Diverso da che?»

«Diverso da tutto quello che mi era familiare negli Stati Uniti, dove sono nato e vissuto per quasi trent'anni».

«Che facevi prima?»

«Cose molto diverse da quelle che faccio qui».

«Pensi di restare?»

«Sì, penso di restare per sempre».

Imparerò che Auroville custodisce il suo segreto. Si capisce poco parlando, superficie, fatti esteriori. Perché una persona abbandona ogni cosa e viene a vivere qui?

«Mi disgustava tutto del nostro mondo, tutto», è la prevedibile risposta.

Anch'io sono disgustata da tutto, tutto. Ma non verrò a vivere qui. Dunque non sono disgustata abbastanza?

«Tu perché sei qui?» chiede David aggiustandosi la corda in spalla, una lunga corda arrotolata che gli scivola in continuazione mentre camminiamo.

Già, perché sono qui? Potrei essere in qualsiasi altro posto, invece sono qui e faccio amicizia con chiunque mentre a casa mi pesa ogni nuova conoscenza. Forse mettersi in una condizione di nomadismo rende automaticamente aperti, simpatici. A pensarci bene che arrivassi qui è stato deciso molto tempo fa, esattamente venticinque anni fa.

«Ricevetti una cartolina da Pondicherry da due amiche, madre e figlia, partite avventurosamente da sole», racconto. «La cartolina era il ritratto di un uomo bellissimo dagli occhi intensi e i lunghi, lisci, capelli neri. Mi colpì istantaneamente in un modo un po' magico».

«Aurobindo», indovina facilmente David.

«Sì, io non ne avevo mai sentito parlare. Le mie amiche sostenevano che ci somigliavamo, io e quell'ascetico indiano».

David mi guarda incuriosito, ma non sembra convinto. Mi metto a ridere e scuoto la testa: «No, non sono più così magra e non porto più i capelli lunghi sulle spalle e i miei capelli non sono più così neri. Ma gli somigliassi davvero o no, l'immagine di Aurobindo mi ha seguita negli anni con una forza misteriosa».

«Hai letto i suoi libri?»

Mi dispiace deluderlo, ma ho deciso di essere sincera: «Non ci sono riuscita. Li trovo farraginosi».

Sorprendentemente David scoppia a ridere e mi consola battendomi affettuosamente la mano sulla schiena.

«Be', adesso sei qui», conclude.

«Ti dirò che me ne ero persino dimenticata di Aurobindo e della cartolina».

Infatti la casa di Pondicherry non era prevista. Ero attratta da Auroville, la Città dell'Aurora, un mito del '68.

«Sai», gli dico come se potesse ignorarlo, «incarnava l'utopia di un mondo migliore, di una società ideale».

Il 28 febbraio 1968 centoventiquattro giovani di diversi Stati avevano deposto in una grande urna di marmo bianco un pugno della loro terra di origine che andava a confondersi con tutte le altre terre. Significava il superamento delle nazionalità.

«Questo posto allora era una landa deserta», mi spiega David, «ci cresceva solo un grande banyan; oggi sono stati piantati due milioni di alberi su un territorio di 2500 acri». È soddisfatto come li avesse piantati tutti lui.

Dunque mi ero ritrovata a Pondicherry, che alcuni pronunciano alla francese, con l'accento sulla finale; altri, più indiani, Pondicérri. Mi sono messa tranquilla in un angolo del giardino a guardare i fedeli. Non è solo Aurobindo che rimpiangono e pregano, per cui si genuflettono in impressionante silenzio e baciano il marmo del samadhi interamente coperto di fiori profumati, così profumati da far girare la testa insieme ai bastoncini d'incenso accesi tutt'intorno. È anche per Mère. Mi concentro sul nulla, svuoto la mente di tutti i pensieri, cerco di entrare in contatto affettivo con ciò che mi circonda, di sentire i sentimenti degli altri. Ma la situazione mi lascia indifferente, non colgo vibrazioni negative, nemmeno positive, niente. Presto mi rendo conto che fra me e Aurobindo s'è frapposta questa Mère o Mother che nell'ashram conta molto di più del filosofo. Mirra Alfassa, era questo il suo nome. Viaggiatrice veggente occultista. Parigina dalle origini egiziane e turche. Provo per lei un'istintiva diffidenza e la diffidenza è diventata irritazione quando, successivamente, ho cercato di approfondire il motivo del suo grande ascendente sugli aurovilliani, che la citano in continuazione facendosi guidare dai suoi insegnamenti a ogni passo.

Mère è morta quasi centenaria lasciando dietro di sé un'*Agenda* in tredici volumi, Bibbia di questa gente. Doveva essere una vecchietta materna e autoritaria che inseguiva il sogno di poter sconfiggere la morte. L'*Agenda*, registrazione fedele dei suoi esperimenti fatta dal più vicino dei suoi seguaci, tal Satprem, è tutta un esaltarsi di stati stranissimi in cui le cellule si scompongono, Mère va e viene in un'altra dimensione, sviene senza svenire, muore senza morire, vede oltre la vista o non vede niente che è come vedere tutto. Se il buon Satprem non fosse stato allontanato da lei durante il coma agonico da un nugolo di adepti gelosi e increduli, forse la vecchia signora sarebbe ancora fra noi a insegnarci il segreto dell'immortalità. Secondo Satprem, infatti, fu scambiato per coma solo il più radicale e più lungo dei suoi esperimenti e fu scambiata per morte ciò che morte non era, ma salto in una dimensione evoluta dell'essere umano. Dunque Mirra, stando a quanto lei stessa sosteneva e a quanto Satprem divulgò, fu sepolta viva, anzi ultraviva. E in un certo senso tutti i morti sarebbero sepolti vivi o arsi vivi, essendo la morte non la fine di tutto ma un semplice passaggio da uno stato a un altro. Se avessimo la pazienza di non distruggerli, forse i morti ci rivelerebbero il loro segreto e potrebbero magari risorgere subito in santa pace, senza lasciare le cellule a imputridire e decomporsi, ma portandosele dietro in una fantastica dimensione angelica.

Le follie di Mère mi appaiono come la versione farsesca di certi irritanti deliri nicciani. Ma, a proposito di Nietzsche, mi domando incantandomi sui sari rigorosamente bianchi e leggeri come veli delle donne in preghiera, ne avrà Aurobindo saputo qualcosa? Aveva avuto una perfetta educazione europea, aveva studiato in Inghilterra, era stato nella prima parte della vita uno stravagante rivoluzionario, un dinamitardo. Poi la conversione, l'ascesi, l'intuizione che l'uomo non è l'ultimo anello della catena evoluzionistica, ma ci sarà un oltreuomo, superiore, spirituale, perfetto e perfettamente buono. Le due specie saranno a lungo costrette a convivere esattamente come adesso l'uomo divide il pianeta con gli animali. Anzi già convivono, essendo i santi da sempre un'avanguardia, prime prove dell'uomo-angelo che verrà.

Bisognerebbe sempre ricordarsi di descrivere la qualità della luce. La luce che le avvolge dà alle cose vera identità. La mia conversazione con David avveniva in una luce sfolgorante e tenera, non accecante, una luce da dopo-pioggia, gli alberi ondeggiavano maestosi, la terra rossa si sgretolava a tratti in sabbia. Ad Auroville la maggior parte delle strade non sono asfaltate. David mi ha presentato Aurora e Rathinan, nati ad Auroville, due ragazzi sui vent'anni al lavoro negli uffici, e poi, corda in spalla, se n'è andato a piantare alberi.

Aurora non vuole saperne di raccontare le sue origini.

«Sono aurovilliana e basta. Che importa conoscere di dove sono i miei genitori? Se proprio ci tieni: sono olandesi. Ma noi crediamo alla fratellanza di tutti gli individui, la nazionalità non ha senso. Vedi, essere di Auroville vuol dire nascere senza nazionalità, vuol dire riconoscere per patria il mondo intero, anzi l'universo».

«Ma lo conosci il mondo com'è, fuori da qui?»

«Lo conosco abbastanza da non desiderare di conoscerlo meglio. Quel mondo non aiuta a progredire. Sarebbe un controsenso, per chi crede che siamo destinati alla realizzazione del divino, voler vivere lontano da qui e da posti come questo. Auroville è un'aspirazione alla perfezione».

Al ristorante del centro commerciale mangiamo riso bianco e salsine e qualche altra cosa molto saporita. Beviamo tè. È un posto pulitissimo e luminoso, accogliente. Rathinan è indiano. Racconta di essere nato nel villaggio alle porte di Auroville. Sua madre lo ha fatto studiare alla scuola aurovilliana dove l'educazione è totale, vale a dire non ci si dimentica dell'anima in nome delle nozioni. Ora si sente aurovilliano a tutti gli effetti e non scambierebbe la sua esperienza con quella di nessun altro. Organizza convegni e conferenze, si preoccupa di propagandare la verità di Auroville nel mondo. Sorride con la sua bella giovane faccia scura, scuote i capelli mossi.

«Questa è casa mia. Non potrei vivere in nessun altro posto», dice senza che lo sfiori ombra di dubbio e disegna su un foglio il simbolo di Auroville: una corona circolare divisa in cinque spicchi, o petali, con un punto nero al centro. «Il centro rappresenta l'Unità Suprema», mi spiega, «il cerchio più piccolo la creazione, la nascita della Città. I petali sono la forza dell'espressione, la Realizzazione».

Mi racconta la storia di un giovane uomo che ha appena salutato.

«Ha avuto una disgrazia l'anno scorso fra le più atroci che possano capitare. Suo figlio, di cinque anni, è morto affogato in pochi centimetri d'acqua mentre giocava con altri bambini a breve distanza da qui. Tutta la comunità è rimasta scioccata. Lui, vedi, ha reagito. Non si è fatto distruggere dal dolore. Ora è di aiuto agli altri, sempre disponibile, sempre presente a se stesso. Auroville è anche questo; ti dà questa forza per non soccombere alle prove della vita».

«E la madre del bambino?» ho chiesto. Rathinan si rabbuia.

«No, la madre non ce l'ha fatta. Non ancora, almeno».

Al Matrimandir, che è il grande tempio centrale a forma di globo, l'"anima" della Città, il tempio in nome della Madre, ritrovo David che mi presenta altre persone.

«La libertà non consiste nell'inseguire qualsiasi desiderio, ma al contrario nel disfarsene», mi spiega qualcuno. «L'unica autentica libertà è la libertà dai desideri. Questo è il primo gradino della comprensione. Questa è la libertà che si pratica ad Auroville».

Faccio sì con la testa. Colgo nell'aria un po' di sospetto verso gli estranei che vengono a mettere il naso, e quindi verso di me. Si dicono molte cose spiacevoli su Auroville, come su tante altre comunità spirituali. Un eminente rappresentante del governo italiano a Delhi, che si vantava di non essere minimamente affascinato dalla spiritualità indiana, mi aveva detto con l'aria di saperla lunga: «Si dice che Sai Baba si faccia i ragazzini». «Davvero, e chi lo dice?» avevo chiesto io. «Oh, molta gente. Ho informazioni sicure». «Ma lei è mai stato a Puttaparthi, ha mai visto Baba di persona, gli ha parlato?» «No, non sono mai stato laggiù e non intendo andarci. È roba per incantare gli ingenui». E, quanto ad Auroville, avevo letto da qualche parte una definizione che suonava più o meno così: "Un supermarket del misticismo indiano a uso degli occidentali retto dalla Sri

Aurobindo Society, che è una holding con un fatturato di parecchi miliardi".

Sono andata con altri nella capanna di Klaus, un arti-sta; uno spazioso locale costruito intorno al tronco centrale di un grande albero, col tetto di paglia e la parete cilindrica in muratura. Il tempo si era di nuovo guastato, piovigginava, ma l'aria era chiara. Klaus mi racconta di essere un ex tossico e che Auroville lo ha salvato. Lo ha salvato dolcemente in forza della regola che è vietato introdurre alcolici, tabacco, droghe di tutti i generi.

«Ora non posso concepire altra esistenza che questa, altro posto che questo, e ho capito che il modo in cui cercavo di distruggermi era dovuto alla nausea per tutto ciò che mi circondava. Era la mia forma sterile di ribellione».

«Adesso non ti ribelli più?»

«Oh, sì; ma contro i miei limiti. Lo sforzo, adesso, è di migliorarmi, di superarmi quotidianamente».

Klaus e i suoi amici mi chiedono sigarette. Fumano, anche se è vietato. Fumano allegramente con la sensazione di non fare nulla di male. Una pausa nell'ascesi, una piccola birichinata. A me, che sono solo una visi-tatrice, è concesso avere tabacco nella borsa. Le leggi di Mère sono dolci, c'è tolleranza nell'aria. Alla perfezione si arriva sorridendo, senza cilicio.

«Potete mettere su famiglia ad Auroville?»

«Sì, finché non si riesce a farne a meno».

«Ognuno conserva la sua religione?»

«Sì, finché non si riesce a farne a meno».

«Fate sesso ad Auroville?»

«Sì, finché non si riesce a farne a meno».

Quando Mariella mi riaccompagna a Pondicherry sotto la pioggia con la sua vecchia moto, penso che le mie giornate ad Auroville sono state molto piacevoli. Ho conosciuto coppie, coppie con bambini, persone che vivono sole, ma sempre in comunità. Mi ha spiegato Mariella, citando Mère: «Uno vive qui per liberarsi dalle convenzioni morali e sociali; ma questa libertà non deve diventare una nuova schiavitù all'ego, ai suoi desideri e alle sue ambizioni. Credi, sconfiggere l'ego è cosa difficilissima. A volte dispero che sia possibile».

Andiamo sotto la pioggia – qui la stagione dei monsoni si è prolungata – con le ruote che sfrigolano nel fango. Il cappuccio del suo giaccone di gomma continua a caderle sulle spalle e io continuo a coprirle i capelli biondi che svolazzano nel vento come serpentelli delicati.

«Chi te lo fa fare?» le domando.

«È veramente un essere strano chi vuole vincere la sua natura, praticando la via dello spirito e del bene se riesce così arduo, vero?» risponde. Si volta un attimo e colgo in un colpo d'occhio il suo bel viso abbronzato, biondo come i capelli, picchiettato di lentiggini, colgo la luce blu degli occhi.

«Accumulare fortune, schiavizzare gli altri, trasformare la propria vita in un furto continuo e in un continuo crimine al danno del prossimo, dell'ambiente, di se stessi, sembra al confronto di una semplicità naturale. E la maggior parte della gente si tiene in una via di mezzo senza domande, garantita nei suoi comportamenti da un conformismo che scambia per legge divina, per morale.

Siamo arrivate.

«Riparti subito?» mi chiede.

«Resto ancora un giorno per visitare la città. È così diversa dalle altre. Così triste con questa Europa francese che le è rimasta appiccicata addosso...»

«Piace molto anche a me».

Le domando con qualche titubanza: «Sei felice?»

«Felicità è una parola grossa. Cerchiamo di aiutarci a essere migliori. Non so cosa risponderti, è dura qui la vita. Ti serve un chiodo, un pezzo d'ovatta? Non li trovi al negozio dietro l'angolo, capisci? Ma da quando sono qui non ho più attraversato certi abissi di infelicità che prima sperimentavo abbastanza frequentemente».

Credo di capire, sì.

«Il male, la confusione, il desiderio di qualcosa che non è mai abbastanza creano infelicità», continua Mariella, «il bene rende la vita accettabile. Non basta questo? Sai, in Italia, prima, facevo la segretaria, andavo al cinema la domenica, leggevo i consigli di bellezza nelle riviste femminili e litigavo con il mio ragazzo. Non ho perso molto».

Una pianta rampicante dai grandi fiori a campanella color malva, non avendo pareti per arrampicarsi, si estendeva orizzontalmente sulla spiaggia di Pondicherry. Aveva mangiato metà dello spazio desertico davanti all'albergo. C'era, in secca, una grande barca rudimentale messa insieme con pezzi cuciti a mano e c'erano due mucche marroncine, miti e sospettose, sdraiate a godersi il mare. Dal giardino dell'albergo si passava direttamente alla spiaggia. Non c'era nessun altro cliente, oltre me, nell'albergo. Una malinconica fortuna. Tanta bellezza tutta per me, tanto vuoto per me sola. È quel tipo di malinconia ebbra che accompagna un'intensa felicità. Attraversavo il giardino dove un'annoiata guardia federale vegliava sulla pace dei turisti assenti e mi ritrovavo subito davanti all'oceano che mi separava per miglia e miglia dalle isole Nicobare, dalle Andamane. Conservo di quel posto straordinari primipiani delle vacche, che rivelano l'intima sacralità di questi animali ispiratori d'una religiosità quieta, riflessiva.

Trovarmi sola su quella spiaggia, di fronte all'occhio buono delle mucche, chissà perché era differente da qualsiasi altra solitudine. Scrivevo a casa: "Mi sento asessuata, corpo di passaggio, senza attributi. Mi sento animale o oggetto inanimato. Come se i pensieri non bastassero a rendermi umana. Mi sento morta e che voi laggiù potete ormai avermi solo nel ricordo. Eppure tornerò prima o poi e il grande flusso della vita non si sarà mai interrotto, la nostra vita di tutti i giorni che ora mi sembra inaudita e persa per sempre. Sperimento un'altra dimensione dell'attaccamento, dell'affetto, senza possessività e senza controllo, che mi appare la più giusta, la più profonda. Disegno per me un futuro che dovrebbe avere la forma del mite sguardo di una mucca, conservare sempre la distanza di un riflesso nell'umido dell'occhio. Scopro uno stato che è calma degli organi prima di tutto, come se il sangue avesse smesso di precipitarsi nelle vene buie e se ne stesse fermo irradiando nutrimento invece di trasportarlo. Ed è una sensazione molto bella; niente di paragonabile alla felicità, all'euforia dei grandi coinvolgimenti che ci offre, per ingannarci e farci cattivi, egoisti, l'esistenza. Capisco che può non sembrare attraente poiché abbiamo della felicità un'immagine in movimento. La felicità dovrebbe aggiungere, non togliere. Io qui, invece, la godo come sottrazione, consapevole della perdita. C'è una vertigine estremamente attraente nell'abbandonare la presa, nel lasciarsi spogliare di tutto, nel diventare agnello". Pensavo, ancora una volta, all'agnello sacrificale di Benares. Mi veniva spesso in mente. Ciò che faceva pena della sua situazione, in realtà, non era il fatto che sarebbe stato ucciso, ma che recalcitrasse.

Mi piaceva incontrare Lakshmi, la massaggiatrice che si chiama come una dea. Alla reception, quando sono arrivata, mi hanno messo in mano un foglietto che recitava i vari massaggi: rilassante, indiano, ayurvedico, con prezzi in crescendo scritti accanto. Lakshmi era l'unica presenza femminile dell'albergo di fronte all'oceano. Alla reception c'erano sempre quattro o cinque uomini intenti a sventagliarsi, chiacchierare, bere tè o caffè, erano il portiere e i suoi amici, venditori di souvenir. Maschi tutti i camerieri. Un assedio. Lakshmi stava in una capannuccia nascosta in mezzo agli alberi, sorvegliata dal fratello che però preferiva quasi sempre la compagnia del portiere. Dunque Lakshmi era sola come me. Passava il tempo a leggere le Upanishad. La prima volta che ci siamo viste mi ha illustrato i tre massaggi, ma nonostante le domande insistenti non riusciva a spiegarmi in che consistessero le differenze. Così ho deciso di provarli, uno al giorno, e ho avuto la conferma che l'unica differenza era il prezzo. Ma per una di quelle incongruenze di cui in India non si viene a capo non c'era verso di avere soddisfazione protestando per il palese imbroglio. Il fratello di Lakshmi mi spiegò gentilmente che, se non ero soddisfatta dei massaggi più costosi, potevo chiedere il rilassante.

Lakshmi mi confessò di essere esperta soltanto in massaggio "indiano" e poiché era esattamente ciò che nella mia testa e nella mia esperienza si avvicina alla perfezione del massaggio, non mi preoccupai più di far valere le mie ragioni. Dunque passavo con lei ore piacevolissime e intanto la interrogavo e lei interrogava me, tutte e due curiose di quella rara occasione. Al contrario degli uomini, sempre molto socievoli, le donne indiane sono timide, schive.

Era sposata? No.
Ero sposata? Sì.

117

E come era possibile che una donna sposata andasse in giro da sola per il mondo? Era possibile e molto bello essere in compagnia e poi essere soli e poi non esserlo più e poi essere di nuovo soli.

E com'era possibile, invece, che una bella ragazza indiana di venticinque anni non si fosse ancora sposata? Un po' in ritardo, era vero, ma si sarebbe sposata presto.

E con chi? Uno scelto dai genitori e dal fratello. Era una famiglia molto tradizionale la sua.

E se non le fosse piaciuto? Le sarebbe piaciuto senz'altro.

E dopo, avrebbe continuato a lavorare? Chi lo sa, sarebbe dipeso dal marito.

Ma a lei sarebbe piaciuto continuare? Sì.

In Italia le donne lavorano tutte anche dopo sposate? Anche in Italia qualcuna smette perché lo voleva il marito.

In Italia ci si sposa per amore, vero? Nella maggior parte dei casi sì. Diamo molta importanza all'amore in occidente.

Anche in India, diceva Lakshmi, ma il matrimonio è un'altra cosa. In India, diceva Lakshmi, abbiamo un proverbio: un matrimonio d'amore è una zuppa bollente messa fuori al fresco, a poco a poco si raffredda. Un matrimonio combinato è una zuppa tiepida tenuta in casa sul fuoco, a poco a poco si scalda.

Già, dicevo io, comunque sia il matrimonio dipende dalle zuppe.

Lakshmi rideva e mi curava il torcicollo. Mi faceva scrocchiare tutte le dita, mi strofinava sulla faccia pezze calde e poi tiepide e poi fresche. Mi toglieva i peli superflui con una tecnica antichissima utilizzando l'incrocio di due spaghi sottili, mi picchiettava la schiena e m'impastava la pancia. Era una bravissima estetista, spero che il marito non l'abbia fatta smettere.

Ho avuto un'altra lezione su amore e matrimonio a Madras, sotto la statua di Vivekananda, il fondatore dell'ordine monastico di Ramakrishna, da un uomo questa volta, Amitabh, in partenza per una lunga marcia devozionale.

«Voi vi sposate per amore pensando: non posso vivere tutta la vita con una persona che non amo, come se la persona che amate l'amerete tutta la vita».

«Già», ho detto io, «è il mito dell'amore eterno. Un mito romantico».

«Ma non si resta innamorati in eterno», ha detto Amitabh.

«Infatti abbiamo escogitato il divorzio per risolvere il problema».

Amitabh ha fatto una faccia disgustata.

«Siete terribilmente infantili. Il divorzio è la rovina della famiglia, dei figli. Fate enormi confusioni con le parentele, un vero disastro».

«È vero, ma facciamo così».

«È più difficile perdonare una persona che abbiamo molto amato che non amarla più, che innamorarsi di chi non abbiamo ancora amato».

«Vuol dire che prima combinate i matrimoni e poi vi innamorate?»

«No», ha sorriso Amitabh. «Il punto è che innamorarsi non è necessario. Tanto meno della persona con la quale vivremo la vita intera e faremo figli. È molto più semplice vivere con una persona di cui non siamo e non saremo innamorati. C'è più rispetto, più affetto. Ho l'impressione che voi occidentali confondiate l'amore con il desiderio sessuale».

«Questo è possibile».

«Se non se ne può fare a meno, il desiderio sessuale si soddisfa. Non vale la pena di coinvolgere il destino di altri esseri umani, penso ai figli, per una cosa così comune e così effimera».

«Ha una forza straordinaria l'amore», ho detto col tono di dispiacermene.

«L'unica forza straordinaria è l'amore universale, l'amore divino. Il resto è una contraffazione, un'illusione. Una tragedia».

Però Amitabh è un indiano rigido, ascetico. Non rende giustizia alla sensualità tantrica che si incrocia nello sguardo e nei corpi di tanti suoi connazionali, oltre che in innumerevoli bassorilievi sacri. A Khajuraho, a Ellora avevo visto dei scolpiti in complicate posizioni erotiche. Nel tempio della danza di Kalamandalam il dio Shiva siede abbracciato alla sposa Parvati sostenendone il seno nel palmo senza per questo incrinare la regale espressione del volto.

«Deriviamo tutti dall'energia sessuale, che è originaria e divina, e il corpo non è la sede del peccato, ma la parte visibile dell'anima», mi aveva detto Nawaz nel giardino della Krishnamurti Foundation. Gli indiani hanno con il corpo un rapporto molto più naturale del nostro, per questo uomini e donne possono fare abluzioni seminudi in pubblico e si muovono nei loro drappi colorati come fossero nudi o sono nudi con l'eleganza e l'indifferenza di un animale bellissimo.

Amitabh, ingegnere elettronico, partiva per ottenere

una grazia: la guarigione del figlio di sei anni, malato alle gambe. Era concentrato esclusivamente sul sacrificio e sul pensiero di un dio a sua immagine e somiglianza abbastanza simile al nostro.

"Amo, voglio che tu esista", diceva Sant'Agostino.

E che la potenza di un desiderio rende esistente l'inesistente l'avevo sperimentato in modo diretto e impressionante una sera nella giungla. Desideravo tanto la pioggia che ho creduto di vederla. Me ne stavo chiusa nel mio bungalow e davvero vedevo piccole gocce discrete bagnare le foglie e ticchettare sull'acqua del canale che scorreva sotto la mia finestra e mi sembrava che l'aria fosse tornata fresca e respirabile. E quando è arrivato il ragazzo delle luci gli ho detto:

«Aspetto che spiova».

Mi ha guardata come si guarda una matta. Ha alzato la testa verso l'alto con le mani aperte ad accogliere l'acqua che non c'era e ha fatto la faccia dispiaciuta.

«No pioggia adesso, finita. In dicembre mai pioggia. Impossibile».

Ma io l'avevo vista, avevo davvero visto le gocce far tremare le foglie. Era solo il vento? E avevo sentito il rumore. Era solo il vento. Però avevo *sul serio* goduto d'un refrigerio, finalmente. Mi fu chiaro come non mai il suggerimento di Simone Weil: bisogna pregare nella convinzione che dio non esiste. Perché è la preghiera che lo rende esistente.

Tranquillamente una donna in sari continuava a spazzare il vialetto con un graziosissimo scopettino, sembrava una schiava che era stata principessa.

Forse se avessi riferito ad Ayyappam quel che ho trovato scritto in un libro di Zimmer: "L'elefante è una nuvola che cammina sulla terra", sarebbe stato d'accordo. Pare infatti che la virtù magica per eccellenza dell'elefante fosse quella di produrre le nuvole. Questo nel beato tempo dei primordi quando possedeva le ali. Volante e capace, come le nuvole, di assumere qualsiasi forma, l'elefante volteggiava nell'aria e si posava sugli alberi neanche fosse un uccello. Ma un giorno un ramo, su cui si erano appollaiati in troppi, si spezzò e le bestie alate caddero pesantemente schiacciando alcuni asceti raccolti intorno al maestro Dirgathapas. Senza darsi pensiero del crimine commesso, quegli allegroni andarono subito a posarsi svolazzando su un altro ramo. Grande fu l'ira del maestro, Dirgathapas era un asceta molto suscettibile. La sua maledizione si scatenò contro gli elefanti che da quel giorno persero le ali e furono costretti a servire l'uomo sulla terra. Conservando però molta della regalità perduta, non per niente sono le colonne dell'universo: lo sostengono nei quattro punti cardinali e in quattro punti intermedi. Da cui la celebre domanda filosofico-teologica: chi sostienc l'elefante?

Siamo sempre in attesa di risposta, mi dico mentre cammino verso un elefante e lui avanza verso di me. Ma lui è di pietra e il suo procedere un'illusione ottica. Scolpito in un unico blocco gigantesco, poroso, corroso dal numero imprecisabile di secoli passati fra la sua nascita e me che in questo momento lo guardo. È levigato dal tempo che ha cancellato i particolari, una massa in forma di elefante pronta a sgretolarsi, a diventare nuvola di sabbia. Nuvole in cielo, sabbia intorno, sotto i piedi, sabbia che continua nella spiaggia vicinissima, si sente il suono del mare del Bengala. Qui, a Mamallapuram, più che mai è l'India di Moravia, "il Paese delle cose che ci sono e non ci sono". L'elefante di pietra, e poi un leone ritto sulle quattro zampe, e poi Nandi accovacciatissimo, un bestiario che il deserto sembra aver prodotto grazie a un gioco di venti e che si scioglierà al prossimo giro di correnti. Invece resiste, come l'enorme sasso in bilico sul roccione che accoglie il viandante. E il viandante si diverte a sfidarlo, a sedersi proprio sotto la sua inclinazione. Un giorno, improvvisamente, il masso precipiterà, rotolerà come avrebbe già dovuto fare da secoli, come stabilisce la legge di gravità. Sarà una frazione di secondo a decidere il limite della sua resistenza, la famosa goccia che fa traboccare il vaso.

Una fila di Nandi mi aspetta al Tempio della Spiaggia che ha forme tutte smussate per il viavai dell'acqua. Sabbia e vuoto, vento e deserto. E il tempio sgretolato piazzato in mezzo al vuoto, alla luce abbagliante, al vento. Il mare da una parte e dall'altra. Il mare che ingrossandosi invade il tempio e corrode e arrotonda. Poi si ritira lasciando in una vasca un verde lago calmo. È bellissimo e deserto. In India succede ciò che dovrebbe succedere sempre e che invece in occidente non capita quasi più: la bellezza ha un rapporto diretto con il sacro. È come se una voce ordinasse all'orecchio: inginocchiati, e non fosse possibile resisterle. Prega, e tu preghi, non puoi fare diversamente. Ma come mai non c'è nessuno nel posto più bello del mondo? Una bellezza così tremenda, così vicina a scomparire dallo sguardo e dalla geografia, è struggente. Qualcuno, in un'epoca lontana, ha costruito questo tempio, ma chi ha costruito tutto il resto?

Qualcuno ha, a pochi passi da qui in lontanissimi tempi, scalpellato la roccia per rappresentare un antico mito, "la discesa del Gange sulla terra". La roccia è stata lavorata fino alla metamorfosi. Sono affiorati elefanti, serpenti, asceti e divinità, semplici contadini, un affollamento di personaggi in contemplazione del miracolo: il più bello e santo dei fiumi che dal cielo scende sulla terra per restituire l'acqua agli uomini che l'avevano persa. E se non ci fosse Shiva con la sua chioma intricata a parare il colpo, l'urto col divino sarebbe travolgente, la terra verrebbe spazzata via dal Gange celeste che precipita dall'alto.

Sarebbe uno scandalo, da noi, abbandonare la bellezza a se stessa. Ma non devo dimenticare: "le cose ci sono e non ci sono" sempre. E se intorno al Tempio della Spiaggia fosse stata costruita una teca di vetro per la gloria di un qualche noto architetto, gli dei si sarebbero ritirati anche da questo posto. Ci fosse la teca, statue templi e bassorilievi avrebbero la possibilità di essere indiscutibilmente reali, avrebbero il loro destino di "per sempre", fisicità e conservazione, attestato di fede nello spazio e in un tempo fatto di successioni.

Oppure a qualcuno potrebbe venire in mente di spostare ciò che resta di quel santuario da qualche altra parte lontano dal mare, in un museo. Come i fregi del Partenone smembrati ad Atene e ricomposti al British Museum di Londra. File per pagare il biglietto. Fine dell'arte, fine del misticismo. Fine della religiosità, nascita della religione.

Nelle strade di Mamallapuram si cammina accompagnati dai colpi degli scalpelli, un'altra musica del vento che all'inizio si stenta a riconoscere. Poi gli uomini chini su statue giganti, tutti insieme al lavoro, attraggono l'attenzione e si capisce: la musica è prodotta dai loro strumenti, dai loro martellamenti veloci. Da questa concentrazione collettiva, da questo artigianato di strada, nascono gli Shiva, i Vishnu, i Nandi in vendita nelle botteghe, tutti pezzi unici anteriori all'avvento delle macchine e del fatto in serie, dei nati dall'arte delle dita, dalla forza dei muscoli, dal suono della percussione. Ora come mille anni fa, quando i loro antenati scolpivano la roccia, questi artisti inconsapevoli fabbricano gli dei, danno un volto a innumerevoli leggende, sempre le stesse, sempre gli stessi volti, sempre le stesse storie, nei secoli.

«Che cosa cerchi qui?» mi aveva chiesto Gilberto.

Guardandomi intorno e respirando la pace di Putta-parthi, mi era venuto spontaneo dire: «La felicità», con l'accortezza di aggiungere le parole che avevo appena sottolineato in un libro di Antonio Tabucchi: "Ma la felicità di chi ha compreso così pienamente il senso della vita che per lui la morte non ha più nessuna importanza".

Baba a Puttaparthi non c'era, si era spostato per qualche giorno a Whitefield, un altro ashram a quindici chilometri da Bangalore. Dunque mi ero trasferita lì, decisa a non mancare l'incontro. Avessi avuto Ayyappam con me, mi sarebbe sembrato tutto più naturale. Mi si sarebbe seduto accanto a gambe incrociate cantando lamentosi bahjans, con l'aria ispirata e dondolando la testa nel suo perenne sorriso: "Baba, Baba". Ma accanto a me, nella grande folla ordinata e accovacciata, in attesa del maestro, nel vasto spiazzo sotto un tendone, c'erano donne europee e americane vestite in sari, con l'aria di hippy invecchiate, c'erano bellissime africane di regale eleganza, anch'esse in sari, c'erano indiane di tutte le età, naturalmente in sari. Mi ero comprata, nel mercatino che fioriva fuori dall'ashram, la kurta raccomandatami da Antonio e Gilberto e mi compiacevo di averlo fatto, di avere scambiato con quel pigiama leggero la tela dei miei soliti jeans. Così pativo meno la lunga attesa e il caldo. Gli uomini si erano sistemati ordinatamente dalla parte opposta, rigida separazione dei sessi come una volta a scuola.

Quali erano i miei pensieri? Non erano pii. Ero incuriosita dalla folla e cercavo in ogni volto una storia. Avevo caldo, e dentro di me sbuffavo e mi agitavo. Dopo un'ora di attesa a gambe incrociate non mi sentivo più le giunture, temevo di non riuscire ad alzarmi e mi davo della stupida. Che pensieri avevano le altre? Erano abituate all'attesa della darshan, ed era un'attesa felice a giudicare dalle espressioni distese. Parlavano, di Baba e dei suoi miracoli, dei suoi insegnamenti.

«Sa significa "divino", Ai significa "mamma", Baba "padre". Sai Baba significa "madre e padre divini"», mi aveva spiegato gentilmente una signora svizzera dai capelli grigi divisi in mezzo e tirati sulla nuca all'indiana, mentre attendevamo di essere sistemate sotto il tendone. Aveva occhi azzurri particolarmente limpidi e una carnagione giovane appena colorata dal sole. Scrisse qualcosa in un taccuino porgendomelo. Ho letto: uomo = vita + desiderio; dio = vita − desiderio. Poiché la guardavo interrogativa, pazientemente ha spiegato: «La vita dell'uomo è un'addizione, quella di dio una sottrazione. L'essere umano che vuole avvicinarsi alla parte divina di se stesso e dell'universo deve procedere per eliminazioni».

«Ho conosciuto persone molto spartane che si dicevano atee», le ho replicato, come riflettendo fra me. Non volevo che la prendesse per una provocazione e mi sono affrettata ad aggiungere: «Eppure nella frugalità, nella semplicità, si intuisce sempre una forma di spiritualità». «Oh, sì», ha risposto sorprendendomi. «Sbagliamo a mettere la spiritualità in relazione con la religione e con la bontà. Si può essere spirituali senza essere praticanti, persino senza essere buoni forse; però neppure cattivi. Non si può essere spirituali e cattivi. Lei che ne pensa?» Non lo sapevo, non mi ero mai posta il problema. «La bontà», improvvisai, «non è il contrario della malvagità. Così una persona che si astiene dal male non necessariamente compie il bene, che è materia assai più impegnativa».

Facevamo questi discorsi sotto il sole a picco, aspettando di estrarre da un sacchetto un numero che avrebbe deciso la nostra fortuna. Non si vinceva niente se non l'assegnazione del posto sotto il tendone dove Baba avrebbe fatto la sua passeggiata tra i fedeli. Se usciva un numero basso si occupavano le prime file e si poteva toccargli la veste, stringergli la mano, forse Baba si sarebbe fermato a parlare, avrebbe materializzato anelli e immaginette sacre. Il numero capitato a me era buono; quarta fila, la signora svizzera che dipendeva anche lei dalla mia scelta fece salti di gioia.

«Pensi che ieri sono capitata in fondo! Oggi è proprio una splendida giornata», aveva commentato grata.

Un uomo scimmiesco, dai lineamenti marcati e grotteschi, dai capelli a cespuglio, camminava quasi senza sfiorare la terra in mezzo ai fedeli che cantavano i suoi inni, i bahjans. È difficile raccontare un fantasma, la sua delicatezza, la sua trasparenza, il senso di sospensione che crea intorno a sé, l'attesa spasmodica di un cenno, una parola. Il sentimento collettivo era di pace celestiale, di abbandonata contemplazione dell'avatar. Non è necessario credere che Sri Sathya Sai Baba sia, come Cristo, l'incarnazione di dio per fare questa esperienza, per partecipare della generale letizia. Succede. Colpiva la sterminata malinconia del suo sguardo, quel peso che pareva trascinare sulle spalle (i peccati del mondo?). Colpiva il mutamento nell'aria, come se tutti i presenti fossero diventati buoni e riempissero ogni respiro di bontà. E dunque non c'era più arroganza di essere in prima fila, né delusione di sedere lontani, né invidia per quelli a cui Baba sfiorava la testa con la mano. Fino a un attimo prima serpeggiava una trattenuta competizione, il desiderio di essere i prescelti; adesso, al cospetto del santo, miracolosamente tutti godevano della sua presenza e niente altro, bevevano a qualche invisibile fonte che rendeva ognuno migliore in una sorta di *imitatio Babae*. Ero sbalordita dall'effetto di contagio, dal repentino mutarsi dei miei stessi sentimenti, ora soavi e proni. Ero diventata nella folla una spugna che si gonfiava con l'acqua dell'emozione generale. Se qualcuno avesse deciso di sterminarci, non uno avrebbe avuto la forza di opporsi. Le resistenze erano cadute tutte.

«Non avreste bisogno d'altro che di dolcezza, da quando venite al mondo. Se ne foste capaci, sareste perfetti. Ma ciò a cui date questo nome, o il nome di amore, è solo una pallida scheggia dell'ideale. Gli esseri viventi conoscono un amore pieno di paure e di ansie, o di soddisfazioni e di possesso. Sono amati dagli amici, dai loro familiari, ma sempre sotto il segno di qualche "affettuoso" ricatto. In verità non hanno esperienza della dolcezza. Dicono di amare i figli, ma se ne sentono padroni. E dove c'è questo sentimento non può esservi vero amore. Dove c'è desiderio e aspettativa, non c'è dolcezza».

Così parlò Sai Baba, seduto inaspettatamente nella mia camera d'albergo, a Bombay, pochi giorni dopo la mia visita a Whitefield. Succede che quando si è avvolti dal miracoloso, si trovi normale l'inaudito. Mi batteva il cuore, ma non mettevo in dubbio l'apparizione, e le ho rivolto la parola.

«Ho un figlio», ho detto. «Non conosco forma di attaccamento più forte. E tu mi stai dicendo che non lo amo».

«Dove c'è attaccamento non c'è amore. È necessario diventare la dolcezza stessa. Allora, soltanto allora, si sperimenta l'amore».

Parole impraticabili, ho pensato.

Deve aver alzato una delle sue mani sensibili dal bracciolo, perché l'ha fatta danzare nell'aria, affusolata come quella di un pianista, e il tono è diventato scherzoso.

«Oh, abbiamo tante vite...»

Sulla rotta fra Bombay e Delhi mi è apparso di nuovo seduto accanto a me nella sua tunica arancione fresca di bucato. Ha sorriso e ha fermato la mano nell'aria come un direttore d'orchestra che tiene sospeso il silenzio prima di dare il via alla musica. Poi la mano ha danzato guidando note immaginarie.

«Tornerai a Puttaparthi?» ha chiesto, ma non sono sicura che fosse proprio una domanda. La sua voce era profonda, roca, sorridente. Lo sguardo di carbone ha scintillato esattamente al centro del mio cuore mentre facevo sì con la testa.

«Perché non smetti di fumare? Ti fa più male di quello che pensi». Non stavo fumando, le sigarette erano chiuse nella borsa e credo di avere colpe peggiori. Confusa sono tornata a guardare il libro che tenevo sulle ginocchia: la storia della sua vita acquistata in aeroporto prima di partire. Quando ho rialzato gli occhi, accanto a me sedeva un signore gentile, vestito all'occidentale, che ha tirato fuori dalla tasca un santino di Baba per mostrarmelo.

«Anch'io lo porto sempre con me», ha detto alludendo al mio libro. «Si ferma a Delhi?»

Sì, mi fermavo a Delhi. Ma ho preferito mentire: «No, prenderò una coincidenza per l'Italia. È ora di ritornare».

"Pare di girare nell'interno di un enorme strumento musicale", dice Pasolini del Taj Mahal, un albergo dall'antico décor coloniale fra i più famosi del mondo. Forse è vero. Ma sono troppo contrariata per apprezzarlo. Non mi piace Bombay che vuole somigliare a New York. Forse non mi piace perché davvero le somiglia. Dall'alto di un ristorante pacchianamente di lusso in vetta al Taj si gode un panorama notturno che è lo stesso del "Window on the world" in cima a una delle newyorkesi Twin Towers, manca solo la statua della Libertà.

«Ma Bombay non è New York», mi dice Marc, «è la deformazione del nostro futuro, è il futuro della modernità, polvere e grattacieli, decomposizione e cibernetica».

Di notte, forse, l'illusione regge con tutte quelle luci nel buio e i grattacieli che si riflettono nel mare, ma di giorno i poveri raccolgono i loro stracci dai marciapiedi dove hanno dormito e si rimettono in marcia o semplicemente restano seduti a guardare nel vuoto, di giorno i ricchi gravitano al Taj Mahal letteralmente coperti d'oro.

«Ho visto commercianti di diamanti dalle pance inverosimili perché imbottite di mercanzia e donne pingui continuare a controllarsi il trucco e i gioielli negli specchi», racconto a Marc. È l'ultimo giorno a Bombay, per

133

lui l'ultima sera in India. Ed è il suo compleanno. Mi offre la cena. Ad Aurangabad ci eravamo divertiti a osservare un gruppo di monache tibetane che ogni giorno affollavano il ristorante dell'albergo e riempivano a più riprese le loro personali ciotole di latta con i variegati cibi del self-service. Erano grosse e allegre, tutte col saio grigio, tutte calve. Sembravano godersi la vita. Nel ristorante di Bombay che vuole essere chic non ci sono monaci, ma la prevedibile clientela della borghesia internazionale. Nessuno compie un gesto fuori posto, nessuno è ridicolo come le monache di Aurangabad. Con Marc ci scambiamo uno sguardo. Abbiamo notato tutti e due gli innamorati del tavolo vicino. Lui le ha comprato una rosa, l'ha appoggiata sulla tovaglia, le prende una mano e le sussurra parole che le fanno abbassare gli occhi. Marc è in preda alle sue solite convulsioni, sta solo ridendo, ma sembra che voglia vomitare.

«Cucina internazionale, amore internazionale», commenta.

«Si calcola che nel duemila a Bombay vivranno oltre sedici milioni di persone. I topi per ora sono settanta milioni», leggo io dalla guida.

«Sì, Bombay è il nostro futuro», risponde allargando le braccia e a voce troppo alta, disturbando gli innamorati. «Con il suo esercito di diseredati e i suoi miliardari esibizionisti, il traffico incessante, il rumore insopportabile, le prostitute bambine, gli odori nauseanti, l'aria fetida, è il nostro futuro. La chiamano la porta dell'India e uno le porte le pensa per entrare; da qui però si desidera fuggire.

«Fuggire dove? A Napoli, al Cairo, a Buenos Aires?»
«A Dubai, per esempio».

134

«Perché, a Dubai non te la rifilano la puttana?»

Mi aveva appena raccontato che ogni giorno, durante tutta la permanenza a Bombay, il portiere del suo albergo aveva cercato di convincerlo a portarsi in camera una giovane prostituta.

«Sono carine almeno?» avevo chiesto.

«Sì, alcune sono molto carine. Ma non me la sento; questo odore di povertà, di necessità, dappertutto, ti toglie il desiderio».

«A Dubai l'odore di miseria non ci sarà. Avrai ragazze di lusso».

«Veramente non sono mai andato con una puttana; figurati se mi veniva in mente di andarci qui».

«A Dubai, allora!» brindo alzando il bicchiere.

Nel pomeriggio avevamo passeggiato per gli Hanging Gardens, sotto le Torri del Silenzio dove è proibito salire. I parsi abbandonano là in cima i morti perché siano pasto agli uccelli. La loro religione prescrive così. Eravamo inquieti per il volteggiare dei corvi sulle nostre teste e per l'odore particolare che appesantiva l'aria, lugubri segnali in contrasto con le siepi sagomate in modo leggiadro e i pupazzi da Luna Park disseminati nel parco.

«Lo senti questo odore di morte?» mi ha chiesto Marc all'improvviso.

«No, non è possibile! Pensi davvero che l'odore dei cadaveri arrivi fin qui?»

«No so se sono le Torri o l'India intera», mi ha risposto. «So che non voglio vivere con questa presenza di morte sempre al fianco. Voglio andare su una bella spiaggia, bere una bibita gelata, stare con una ragazza che non sia in vendita».

«Mi sembrano desideri realizzabili; non chiedi molto», ho sorriso pensando a come tutto questo fosse a portata di mano nel nostro mondo.

«Già, da quando sono qui, invece, mi sembra di non essere più sicuro di nulla, neanche dei miei ventiquattro anni. Mi sento invecchiato, mi sento sporco, mi sento povero».

«Un po' anch'io. Comincio a dubitare che ci sia da qualche parte una realtà diversa da questa, più piacevole, più bella. Pensa, siamo nel quartiere più ricco di Bombay, così sfrenatamente ricco da fare apparire miserabili le fortune occidentali, e questi nababbi, questi cresi, vivono immersi nella putrefazione dei loro amici, dei loro parenti».

Ci trovavamo a Malabar Hill. Ville favolose erano talmente sepolte nel verde che dal di fuori si vedeva soltanto l'elegante prigione dei cancelli. Ho detto a Marc che anche a Madras avevo visto i ricchi prigionieri di se stessi, presidiati dalla polizia e protetti da barre telecomandate in una zona separata della città perché corrono continuamente il rischio di essere uccisi in attentati.

Mi ha sorpreso con una citazione letteraria:

«"Vivere? I servi lo faranno per noi". I ricchi sono così: si muovono con le guardie del corpo a bordo di aerei privati, passano da un paradiso all'altro e non sanno nulla della vita. Altro che odore di morte e cadaveri, quello lo fanno respirare ai servi».

«Oh, sei perfido! Fino a questo momento per me quella frase significava un'altra cosa, molto più complicata, profonda... Ma hai sicuramente ragione tu. O forse ho ragione anch'io: c'è un altro modo di ritirarsi dalla vita».

«Ah, sì? E quale?»

Ho avuto un attimo di esitazione. Poi l'ho buttata lì: «Lo spirito».

«Nel senso di alcol? Vuoi darti fuoco?»

Ridendo abbiamo preso un taxi e ci siamo lasciati alle spalle la collina di Malabar per rituffarci a valle nel brulicante manicomio di Bombay.

Non ci sono vacche a Bombay. La razionalizzazione ha vinto sulla religione. Un'India senza le vacche che circolano libere e insolenti non è abbastanza India. Ma certo la vacca indiana è antieconomica e dunque destinata a sparire. La vacca indiana gode di statuto speciale: è proibito farla lavorare, per esempio. Nei campi lavorano solo i maschi dalle corna gioiosamente colorate. Ma non sono vacche randage. Ognuna ha un padrone che può prendere da lei soltanto il latte. Per il resto è completamente libera, esce dal suo riparo, se ne ha uno, e se ne va in giro a cercarsi il cibo che non sempre il padrone le dà o non a sufficienza. Va a incontrare le amiche, a ingorgare il traffico, a depositare escrementi in mezzo alla piazza, a razzolare nelle immondizie, a leccare la colla dei manifesti stracciati litigandosela con le capre. La sera torna a casa come un bravo cane e si fa spremere il latte. Nei suoi occhi c'è una furba comprensione della vita.

Prima di partire Marc aveva voluto acquistare un dhoti. Il commesso gli aveva pazientemente spiegato come fermarlo sui fianchi in modo che non gli scivolasse camminando lasciandolo in mutande.

«È semplice», diceva Marc, infastidito dal piccolo indiano che gli drappeggiava il dhoti sul corpo. «È come annodarsi un asciugamano in vita».

No, no, insisteva quello e gli faceva vedere ancora una volta come bisognasse prima sistemare un lembo in un certo modo e poi girare la pezza dalla parte opposta. Ma anche se si fosse appropriato di quella tecnica, il povero Marc, biondo e slavato, magro di nevrosi e non per fame, non avrebbe potuto aspirare al fascino di un uomo indiano. Non aveva la concentrazione altera dei sikh, alti e robusti, ma nemmeno il modo eretto di camminare che ha qualsiasi ragazzo in India, anche il meno dotato e quel modo infinitamente sensuale di agitare i lembi del dhoti con le mani sopra le gambe nude. Anche al piccolo grasso Ayyappam non mancava quella grazia speciale.

A Cochin avevo conosciuto un attore di katakhali cui fioriva un pollice in più innervato nel tronco del pollice giusto. Da noi una simile escrescenza sarebbe stata eliminata nei primi giorni di vita. Lui aveva fatto del pollice doppio un motivo superiore di bellezza, tanto da non esserne disturbato in un lavoro come il suo dove anche le mani, le dita, parlano e hanno un ruolo centrale nell'espressione e nella danza. "I segni della malattia e della miseria non sono 'sventure': vengono da lontano, vanno lontano; migrano da vita a vita, certificati dagli interventi degli dei": Giorgio Manganelli.

A Benares, continuo a preferire questo nome, in un putrido vicolo del Chowk, il quartiere a ridosso dei *gaths*, melmoso di escrementi e di polvere dei morti, mi è apparsa improvvisamente una bambina. Bruna, bellissima, accovacciata. Sola nella stradina deserta, tranquillamente triste. Avevo nella borsa un bacio Perugina che ha guardato con ammirazione luminosa. Gliel'ho dato. La sua bocca è diventata un sorriso di luce, gli occhi si sono allargati di sorpresa. Non mi aveva chiesto niente, non aveva allungato la mano meccanicamente. Era pura solitudine, tristezza. Una volta tanto avevo potuto fare un regalo, non elemosina. In cambio ho avuto uno sguardo lungo dove stava acquattata una singolare conoscenza, come un amore speciale conservato da tanto tempo per essere donato al momento giusto e offrire e prendere la felicità improvvisa di un conforto reciproco. Non ci incontreremo mai più, ci incontreremo in continuazione.

Quando si torna da un viaggio in India e la gente ti chiede come è andata, senti che la domanda è carica di aspettative. Non è la stessa distratta gentilezza con cui ci si informa: be', ti sei divertito a Edimburgo? O: com'è la Cina? È invece sempre come se volessero sapere: insomma l'hai trovato l'Assoluto, l'Uno-Senza-Secondo, quella cosa il cui centro è ovunque e la circonferenza da nessuna parte? Almeno questo, sì, l'ho trovato, nel senso che posso rispondere all'indovinello. Il centro si sposta con noi, siamo noi quel centro.

Quando mi viene paura di volare, penso che è una paura sciocca, perché siamo sempre e comunque in volo nell'universo. Siamo su un'enorme pietra rotolante sospesa nel vuoto. «Perché la terra non cade? Perché è in posizione simmetrica rispetto a ciò che la circonda. Non v'è *ragion sufficiente* perché cada». Chiunque l'abbia sostenuto non mi convince. Per quel che ne so, stiamo sempre precipitando. E, questo l'ha detto Marco Aurelio, i casi sono due: o ci sono gli dei, qualcuno in alto che si prende cura di noi, e allora tutto va per il meglio. Oppure non ci sono e allora, facciamo del nostro meglio.

Roma, gennaio 1996

141

Testi cui si fa riferimento nel libro
(in ordine di apparizione)

Rudyard Kipling, *Kim*
Heinrich Zimmer, *Miti e simboli dell'India*
Friedrich Nietzsche, *Così parlò Zarathustra*
Henri Michaux, *Un barbaro in Asia*
Anonimo, *Bhagavadgita*
Simone Weil, *Attesa di Dio*
Giorgio Manganelli, *Esperimento con l'India*
Bruce Chatwin, *Che ci faccio qui?*
Gandhi, *Yeravda mandir*
Christopher Isherwood, *Incontro al fiume*
Christopher Isherwood, *L'albero dei desideri*
Jiddu Krishnamurti, *Ultimo diario*
Simone Weil, *Quaderni*
I vangeli
Alberto Moravia, *Un'idea dell'India*
Osvaldo Soriano, *Triste, solitario y final*
Gandhi, *La mia vita per la libertà*
San Francesco, *Cantico delle creature*
Italo Calvino, *I racconti*
Salvatore Quasimodo, *Ed è subito sera*

Asit Chandmal, *One Thousand Moons. Krishnamurti at eighty-five*
Aurobindo, *Light from Sri Aurobindo*
Mère, *Agenda*
Sant'Agostino, *Confessioni*
Heinrich Zimmer, *Il re e il cadavere*
Antonio Tabucchi, *Donna di Porto Pim*
V. Balu, *The Glory of Puttaparthi*
Pier Paolo Pasolini, *L'odore dell'India*
Villiers de l'Isle-Adam, *Axel*
Giorgio de Santillana, *Fato antico e fato moderno*

La guida citata è *India*, di Pietro Tarallo (edizioni Clup).

Finito di stampare
nel mese di ottobre 2006
per conto di Neri Pozza Editore, Vicenza
dalla Milanostampa/Albaprint Farigliano (CN)
Printed in Italy